귀 기울여 들어 줘서 고맙다

문학들 시인선 013

조성국 시집

귀 기울여 들어 줘서 고맙다

문학들

시인의 말

낡고 해진 것들을 너무 오래 보관해 왔다
버리지 못해
반성하고 또 되짚어 성찰하는 비망록이 생겼으면 했다
무심코
옛일 돌이켜 보며 외려 거듭나도 괜찮을 듯싶었다
거듭남에
점점 작아졌다 커지고, 커졌다 작아지는 월색에다 밑줄 긋듯
빗금 치는 별빛과도 같은 몇몇이
어눌한 이내 말을
귀 기울여 들어 줘서 고마웠다

2021년 세밑에 광주 금당산 자락 아래서
조성국

차례

5   시인의 말

제1부 제 이야길 귀 기울여 들어 줘서 고맙다

12   월하月下 전상서

14   수혈

16   횡액

18   내 나이를 물으니까

20   광주천

22   후일담

24   내 몸엔 유골 냄새가 산다

26   그해 1

27   그해 2

28   서평

29   잿등고개 남새밭

30   조등에 스치는 인기척

31   빛고을 재활원

32   암매장

34   별책

36   어떤 눈물

39   여전히 시민군이 필요하다

40   어느 늦은 봄밤의 풍습

42   살아남은 자 모두 상주가 되는 달

제2부 동사무소 직원이 야물딱지게 박아 놓은 호적초본 속의 염주마을

44 똥뫼들 봄

45 칠뜨기

47 쏙독새

49 구린내 물씬거리는 아재를 반색하는 까닭

51 뒷고샅

53 짚봉산

54 당산나무

56 연꽃 방죽

58 버스 정류장에서 생긴 일

60 콩쿨 대회

61 밤불 축제

63 짚봉 터널

64 고샅 끝 집

65 옛집에 들다

제3부 스멀스멀 뒤밟아오는 낯선 그림자 두엇

72   먼 길

74   천렵

76   장수하늘소

78   하얀 방

79   비상

81   복내 가는 길

82   도끼질

83   길갓집

85   하이바

86   유치장

88   면회

90   출옥

92   또, 악몽

94   사회과학서점 문밖

95   어떤 문상

96   장어 빛

제4부 머지않아 우리가 옛이야길 하며 밝게 웃는

100   잠행

101   장대비

103   어버이날

105   가족사진

106   방을 구하며

107   내 친구 양기창

109   푸른 生

111   여자의 향기

113   가물치 낚시

114   편지 한 통

116   행주 집 일박

118   악몽

제5부 내등마을 들입의 살구나무 청솔 양옥

120 도라지꽃

122 정령

124 정화

126 평정

128 봄날은 핀다

130 식경

131 뽕나무가 쓰러졌다

133 행정실

135 일기

136 학부모

137 까치

139 기숙사

140 야외수업

141 소피아

143 내등마을 들입의 살구나무 청솔 양옥

145 이런 하룻밤을 잤다

148 **발문** 너무 많이 기억하는 자 _ 김형중

제 이야길 귀 기울여 들어 줘서 고맙다

월하月下 전상서

찬 나뭇가지에 스윽 긁힌 금을
둥근 테두리 안에 죄다 가둬두어 흠집은
더 이상 번지지 않았습니다만

휘영청 밝은 뒤편
그 많은 상처가 웅크리고 있는 줄 미처 몰랐습니다

늘 뒤쪽이어서

드러나지 않다는 걸
빛 속에 파묻혀 가려졌다는 걸

이제야 알게 된 나는
푸른 낯빛의 당신이 지나가는 발걸음 소리를
몽땅 새겨 들으려고
구부린 손등 귓바퀴에다 갔다 대본 적이
한두 번 아니었습니다만

그저 핑계 대듯

내가 아직 떠나지 못한,
떠날 수 없는 향리의
큰 상처로 본분을 삼는 일로 해서

당신 아픔 같은 건
조금도 헤아리지 못해
마음 한비짝이 걸리지 않은 바도 아니었습니다

어쩔 때는 부풀어지고
또 어느 때는 이지러지면서도
똑같이 환한 살푸슴을
항상 내 이마에 문신처럼 새겼다는 걸 알아주셨으면 합
니다

늦은 봄 어리중천을 지나 두세 시경 당신의 빛이
유독 기막힌 밤길에서는 더더욱 그렇습니다

수혈

홍등 켜진
황금동 콜박스 근처가 아닌가 싶다

빳다방망이 든
써클 선배한테 이끌려 억지 동정을 떼려던 게
문득 생각난

유난히 깊고 검푸른 저녁이 아니었는가 싶다

하필이면
낭자한 핏빛 흩복을 입고
유리방 속에 진열된 이름을 알지 못하지만
혹시나 병상에 드러누운 내가
피가 모자랄 것 같으면
가두 방송으로 헌혈을 부탁할 거라고 말을 건네었을 듯

총상 깊은
광주 천변 적십자병원 응급실에서가 아니었는가 싶다

손수 찾아온 피가 한 방울
두 방울 내 몸속으로 뛰어내려 스미던
그

늦은 봄밤이 어제이련 듯
생생하기 그지없어서 그런가 싶다

굳이 내가 이 본적의 도시를
한 번도 떠나지 못하는
끝내 저버리지 못한 까닭이 있다면, 있었다면

횡액

그렇게밖에 별다른 방법이 없었겠다
느닷없이 의병 제대한 형의 병색이 완연해지자
그걸 생약처럼 집 안팎에 골고루 심을 수밖에
없었겠다 아버지는
왜자하던 종갓집 제사도 작파해버리고
귀신도 기겁해 피해간다는 그 나무를 심고부터
도화 양반이란 택호를 얻기도 했지만
언젠가 원형 분수대가 보이는 남쪽의 도청 소재지에서
처럼
목이 터져라 군가를 부르며 잔뜩 군기라도 잡힌 듯
살기등등하게 총검술 자세를 취하던 형이
다소곳이 얌전해진 것도 그때부터랄 수 있었다
귀신 씌었다 할 뿐 밤새껏
신칼 휘두르는 군웅 복식의 당골네조차
도무지 알 수 없는 병색에 핏방울같이
선명한 이 나무의 동쪽 꽃을 꺾어 등짝 후려칠 수밖에
없었겠다 아버지처럼 내가
할 수 있는 건 이 꽃을 무척 좋아하는 것
이것 말고는 별수 없던 시절에 그놈의 귀신도 데려가고,

형의 상관인 전직 대통령 체포하러 갔다가 감옥 살던
내 징역의 독도 짊어지고 간다고
쥐약을 먹었다 마흔 해나 넘게 도진 병색을
형은 비로소 무찔러버렸다

내 나이를 물으니까

나이를 말할 때면 나는
한참이나 젊어진다

아카시아 꽃향기 자욱한
광주 근교 예비군무기고에서 탈취해 온 M1소총
밤하늘에다 대고
세 발 네 발 연달아 쏘아대던
그러니까 교련복 차림으로 옥상에서
계엄군 쳐들어온다는, 카랑카랑하면서 절박하게 이어지
던 누나의
가두 방송을 새겨들으며

불끈 그러나 실은 맞은편
상무관 마룻바닥에 구더기 꿈틀대던 시체를 껴안고
있는 힘 다해
애타게 부르짖는 광경
겁나게
떠올라서 무턱대고 쏘아 올린 총탄
포물선 그으며

티끌 한 점 건드릴 힘도 없이 그냥 툭 떨어지듯
사근사근 대변하듯

외신기자회견 마친 광대뼈 붉어진 곱슬머리 형이 올롱
한 눈빛 치켜뜨며
덥석 끌어안아 주며
도청 밖으로 재빨리 내쫓아 보내 놓고서는
총 맞은
총을 맞아 주는
지독한 봄날의 어슴새벽
장전된 제 총의 방아쇠를 끝끝내 당기지도 않았던 최후의

일각!

거기에서부터 나는,
나의 생은 다시 시작되었으니까
당연히 대답이 시퍼런 청춘에 가까워진다

광주천

물길 거슬러 오른 물천어
한 달 전에 비해 살이 토실토실 올랐다

매일같이 눈에 띈 쇠기러기 두 분
귀환하지 못한 채
봄 개천 가운데 나란히 솟은 두 개의 삿갓 바위에
각기 자릴 잡았다

가끔 한 분은 날아오르나
붉은 물갈퀴 절고 날개를 접은 한 분은
제자리에 물끄러미 눌러앉아 계시는 광경

몇 날 며칠째 계속 이어지고
한 분이 물고기 한 마리를 건네주자 한 분이 급히 받아
먹는

천변좌로
적십자병원 응급실로 주먹밥 챙겨 들고
솔래솔래 헌혈하러 오던 옛사람이 불식간 생각났다

소용돌이치는 여울에 서쪽 빛이
가장 찬란히 빛나듯이

후일담

내가 먹을 밥
없어진 걸 알고 미리 당조짐을 했다

시끄럽게 굴지 말라고 얼른 새 밥을 지어 주었다
내친김에
눈에 잘 띄는 아궁이 이맛돌에다도
밥 한 그릇
고봉으로 퍼담아두었다

몇 날 며칠 집 나가선 돌아오지 않는 지아비 찾으러 나
섰다가
당치 않게 무서운 폭도로 둔갑해버린 문간방

역성 한 번 들어 주지 않던 그 여자의
딸애를 거두어들였다
눈치껏 뜨신 밥 여투었다가 손수 챙겨 주는 나날이 많았다

세월은 흘러가도 산천은 안다는 그 여자의 추모 사연
낭독하는 딸애로부터 새겨듣고

검정 정장 차려입은 대통령이
울먹울먹 부둥켜안은 기념행사 중계방송을 보며
엄마도 따라 많이 울었다

내 몸엔 유골 냄새가 산다

노제 지내는데
끄으름 냄새가 났다
화장한 아버지의 유골을 받으러 수골실에 갔다 맡은
냄새와 똑같은

국군통합병원과 505보안대와
접근하면 발포한다는 국가안전기획부 담장
경고의 표식이
붉게 새겨진 잿등 고갯길에서도
살 타는 냄새가 풍겼다

신원 확인도 없이
마다리 포대에 담긴 시신을 소각시켰다는 퇴역군의관의
구술과
그 근동에 살던,
며칠간 유독 장독 위로 희뿌옇게 먼지가 가라앉아 쌓였
다는
주민 여러분의 증언
귀담아들어서인지는 몰라도 냄새가

여태 가시질 않았다

아버지 뼈단지처럼이나
그 당시이란 말이 아주 크낙한 통증이 되어버린
내 머릿속과 몸에 숙주와 같이 눌러앉아
사십 수년째 함께 살고 있다

그해 1

그해 전남도청민원실 뜨락에 널브러진
시신
수습하는 기록사진 한 장을 보는 듯이 들었다

입가에 주먹 밥알 묻힌 채 피 묻은
역사란 무엇인가, 서책
가슴팍에 품고 고요히 잠든 사내 이야기

무명용사라 부르는

향토사학자 정규철 선생의 열변을 굳이 빌려오지 않더
라도

입은 다르나 한결같이 그를 기리며
여전히 명예도 이름도 없는 걸 마다하지 않는 듯이
서슬 붉은
결기를 품고 사는 이들이 쐬고쐈다

그해 2

그해 사망자 가운데
십사 세 이하의 어린이가 여덟 명이나 되었다

가장 어린 죽음은 사 세 가량의
남자아이였다

기록에 의하면
1980년 5월 27일 목에 관통상을 입고 즉사했다

아이 목에 총을 겨눈,
하여 무공훈장을 받은 계엄군

참회나 회개도 없이
여태껏 우리들 속에 섞여 잘 살고 있다고 생각하니까

아무도 믿을 수 없었다 오랫동안 사람인 내가
돼지게 밉고 창피했다

서평

전면개정된
죽음을 넘어 시대의 어둠을 넘어

초판에서와는 달리
황석영 외
이 기록에 참여한 수많은 이들의 이름을 본 순간, 명치
끝이 저린다

정권의 탄압을 우려해 이름을 숨겨야만 했던 숱한 기록
자들
이름이 비로소 제 이름을 찾아서다

내 생각도 참으로 많은 죽음을 넘고 시대의 어둠을 넘어
조금씩
전진해 가듯 달라져 가고 있어서다

잿등고개 남새밭

접근하면 발포한다는 담장 밑으로 개구멍이 뚫렸다

폐허 된 채
삼십 수년 방치된 걸 알고
근방 주민들이
완두콩 쪽파 부추 고구마 감자 들깨 쑥갓 오이 가지 작
물 등속을 일구었다

505보안대의
연병장
웃통 벗고 체력 단련하는 우람한 특무상사와 같은 집채
의 지하 방에서
비명 하여
횡사한 영혼을 모시는
진진초록 제사상이 걸게 차려졌다

조등에 스치는 인기척

이맘땐가
홀로 제사 지내는 봉분
찾아가면
고깔밥에다 국화 향 나는 음복주 내주시던
손길이
들러 가는 걸까
차마 못다 감은 눈빛이 잠깐 머물다 가시는 걸까
나를 따라나섰다 돌아오지 않았다 하는
언젠가 봄날
그늘 깊은 도청 앞 회화나무 아래서 보았다고 하는
외동아들 대신
상복 걸쳐 입고 곡비 자랑자랑 상청 지키며
홀로 조문을 받는
내 어깨라도
가만 다독이려는 걸까 유음같이
가물거리는 조등에 스치는
인기척 하나!

빛고을 재활원

굳게 닫힌 철제 외짝 문이 슬며시 열리고

낯익은 저잣거리 간이주점에서 민트향 나는 껌 바구니 내밀고
더뎅이지게 달라붙어 귀찮게 굴던
절름발이 꼽추가 나서고
호백한 그녀를 눈뜬 봉사 여자애가 곁부축해 준다

아슴한 꽃두메 된비알을 뒤뚱거리며
사지 멀쩡한 나보다 몇 시간씩 앞당겨 간다

스스로 생을 저버리고픈
외상 혹은 불구 같은 후유의 세월이 그들의 뒤를 따라가며 재활하듯
구구구 비둘기도 불러 모이를 주고

아무렇게나 픽 꽂아 놓아도 다옥한 개나리꽃 울타리 너머
우듬지 잘린 목련 나무도 한껏 꽃망울을 머금었다

암매장

교도소 근처
외딴 들길에 개복숭아 나무랑
매실나무랑 때깔이 고왔다
산수유 호박 넌출 장다리 꽃덤불도
유난히 크고 환했다
오보록하게 발광한 낭묘 눈빛만 들끓어서
애써 발길 꺼리며
요란했던 군용트럭의 야음을
가마득히 잊어왔던 것인데
저렇듯 무연히 스치는 명지바람에도
수런수런 되살아나 눈 안 가득 차올랐다
허여스름하게 썩어버린 불귀의
발걸음이 꽃과 나무와 드맑은 바람과
어우러져서는
어느덧 생생한 광휘를 내뿜는 것인데
그 청징함에 이르러선
문득 황황해하는 마음조차 외려 화안해져
손발 묶이고 방성구 채워져 갇힐지라도
짐짓 아무렇지도 않게 너끈히 버텨 냈던

마지막 보루로서의 외진 들길
묵정밭을 생각해 봤다

별책

구독하는 문학 잡지 봉투에 찡겨 왔다
5·18문학상 수상집, 사십 주년이란 표식이 히뜩 눈에
띈다

벌써 사십이라니!

내가 갈 뻔한 것을 그가 갔던,
그가 남아도 되는데
내가 살아남은 사십 수년이 본 책에 덧붙어진 부록 같다

총 맞고 착검한 대검에 찔리고 생포돼 뒤로 묶인 채 곤봉
이나 개머리판으로 작신 두들겨 맞고 얼굴도 알아볼 수 없
게 뭉개지고 사지가 축 늘어져 질질 끌려가 파묻힌 암매장
수습도 못 하고

살아 있는 것만으로 충분히 괴로웠던 흉터

새삼 아려 와도 눈곱만치도 저리지 않는
그저 꽃 피는 일에나 뒤적뒤적 기웃거리는 본 책의 봄바

람이나

눈여겨보는 여생이라니 참 좋같다!

어떤 눈물

증언 치유 프로그램

사십 수년 만에 처음 털어놓는 그 여자의 목소리
귀담아들었다
그해 도청에서 응급처치와 시신 수습을 담당했던 일로
피신했으나
붙잡힌 남편 이야길 들었고
양형 선고받아 교도소 두세 군데 이감 다니며 맞고 또
맞고
지 혼자 외로웠을 터인데
면회 한번 제대로 못 가 봤다며 울고, 어린 사남매 키우
고 먹어야 되니까
가지 못했다고, 지금은 그것이 가장 맘 아프고 가슴 미
어진다고 울었다
또 형량 한 달쯤 놔두고 광복절 특별 사면으로 석방됐
으나
진득허니 가만 있질 못하고 어떤 모임 참석한다고
그것이 역적모의라고
한밤중 느닷없이 누군가 찾아와서 검정 보자기로 얼굴
들씌워서
어디로 끌고 갔고

나중에서야 광주교도소에 갇혀 있는 줄 알았고

면회 오라 연락 와서

혼자 독거방에만 있으니까 도저히 못 견디겠다고 면회
라도 자주 오라 했을 텐디

가딜 못 하고 미루었더니 금방 숨넘어가는 소리로

죽게 생겼다고 해서야 가 본께

얼마나 뒈지게 처맞았는지

간 짤라내고 쓸개 짤라내고 급하게 수술하고 난께, 하던
말이

나가서 집밥 한 그릇 먹었으면 원이 없겠다며

며칠 썽썽하더니

막상 운명하고 나니까

아무 생각도 안 나더라고 또 울었다 나도 따라 코끝 시
큰해 울고

곁에서 손잡아 주며 같이 울었다

너무나 억울하게 고통받고 죽었다고

탄원서 호소문 써 준 그분들이 있어 고맙고, 고마웠는디

그 이름 대라고 안기부 요원 도끼눈 뜨고 찾아와 다그

치며

이리저리 끄집고 다니며 잠도 못 자게 했었어도

불지 않았다고 울먹이고, 그분들 이름만 대면 더 이상 귀찮게 안 한다, 했어도

끝끝내 버티었다고 울었다

누구한테 말도 못 하고 넋 빠진 것마냥 가만 있은게 미쳤다고

억지로 정신병동에 집어넣으려 했다고 또 울고

지금도 악몽에 시달린다고, 요만한 일만 있으면 막 두근두근 죄지은 것마냥

어디로든 숨고 싶고, 혼자만 있고 싶고, 사람들 만나기도 싫었는디

아, 나 같은 걸 이렇게 말하게 해 주고, 또 울며 말하고 나니까

얹힌 속이 탁 트인 것만치로 시원하다고 울었다 오랫동안 제 이야길

귀 기울여 들어 줘서 고맙고, 고맙다고 또 울었다

여전히 시민군이 필요하다

그가 은거한 연희동
또는 백담사
체포결사대로 쳐들어갔다가 붙잡혀 징역만 살던
접때와 달리 이번에는 문득
총도 아니고 식칼도 아닌
애오라지 면상을 향해 냅다 집어 던져 이마빡 쪼개 놓은
인디언 손도끼를 생각했다
보안사령관 출신 전직 대통령이
광주에 온 날
재판받으러 법원 후문으로 들어서기 일보 직전에
손목 스냅으로
가공할 회전력을 얻은, 직선에 가까운 둔각의 포물선 그
리며 날아가
대머리 이마빡 한가운데 내리꽂히는 이런
이런 불순하고 불온한 만행
다시 한번 저질러 보는 기동 타격의
생각밖엔 없었다

어느 늦은 봄밤의 풍습

산벚꽃 진 앞산이
뒤늦은 소쩍새 울음으로 다가왔다

환하던 마음이
왠지 모를 눈물방울로 떼구르르 굴러 나올 듯 눈두덩에
오래 머물렀다

앞산이
그 뒤의 큰 산에게 어둑어둑 저미어 안기듯
안기며 저미듯이
위 없이 드높은
하늘 한가운데로 향해 가는 달빛을 오래오래 지켜보는
것도 내 할 일이어서

상사처럼 도지는 어느
봄밤에서부터
새로 살 듯 나이를 다시 먹기 시작해서 긴 세월 빛의 고
을에 눌러살며
몸에 밴 습관이기도 하여서

사랑도 명예도 이름도 남김없이 한평생 나가자던 뜨거
운 맹세를 지키는 일이어서
　지키려고 애쓰는 일이어서
　나는 애써 월력을 보지 않아도
　총과 밥과 피를 생각하는 때임을 저절로 알았다

살아남은 자 모두 상주가 되는 달

묵념하며
감았던 눈을 치켜떴더니
잠시 딱하니 초라해졌던 생이
힘 받듯 밝아졌다
죽음으로 살며 울컥 빛나는 나의 본향
죽음으로 인해
울리는 행진곡에 귀를 닦고 나니 주변 둘레가
드맑아 보였다
백모란 이팝나무에 꽃 찾아오시는
산그늘 아래 깃든 휘파람새
울음소리도 잘 들려왔다

제2부

동사무소 직원이 야물딱지게 박아 놓은
호적초본 속의 염주마을

똥뫼들 봄
동사무소 직원이 야물딱지게 박아 놓은 호적초본 속의 염주마을 1

마른 억새풀

둥글게 뭉친 깜밥 모양의 둥지를 틀고

어미젖

오물오물 빨던

연분홍 들멧쥐들이

고구마 무광을 두레 밥인 양 오순도순 갉아먹는다

겨우내 마른 똥 딱지 더께 낀 엉덩짝을 둥글개 쇠 빗으로 긁히며

젖니 갓 돋은 각뿔의 동부레기

아지랑이 콧김을

씩씩 뿜어대고

밭 갈 채비하던 망백의 양주도 버들개지마냥 하얗게

새하얗게 부풀어 오른 살갗 각질을 박박 긁어 댄다

칠뜨기

동사무소 직원이 야물딱지게 박아 놓은 호적초본 속의 염주마을 2

어디 심부름 가다가도
되돌아서 몇 번씩 되물어 갔다
한나절 새끼줄 꼬아도 서너 발밖에 꼬지 못하고
이마빡깨나 깨졌어도 개의치 않고
외려 돌팔매질했던 조무래기들 죽마까지 태우며 놀아주
었다
이따금 과붓집 근처를 어정거리다가
구들장 막힌 고래도 긁어내고
소 잡고 개돼지 잡고 초상집 화톳불 피우고
험하고 궂은일 있으면
쉰내 나는 찬밥 한 덩이 식은 국 한 사발 퍼 주며
몇 날 며칠을 응당 부려먹으면서도
동냥질할 때면 부지깽이로 작신 두들겨 패대며 소금 뿌
려 백안시했던
그를 무척 싸고 들었다
공회 열던 당산나무 아래서
바보 천지 하나 없이 다 영악하면 그 동네 글러버린다고
쫄딱 망해버린다고
마을 어르신들이 지천 부릴 때에는 멍하던 그의 눈동자

에서도

　그윽한 환희가 어리고는 하였다

쏙독새
동사무소 직원이 야물딱지게 박아 놓은 호적초본 속의 염주마을 3

고작 몇 집 여남은
그나마 한 집 걸러 가래 끓은 목소리만 중절거린다
어른 팔로 세 아름의 당산나무 등걸을
휘감은
능소화 그늘 아래
대가 끊기게 생겼다며 대낮부터 취했다

우멍히 내색 않고 야지랑스럽던 이장
베트남 처녀 사 오겠다는 외아들 무턱대고 말릴 계제만
도 아니어서
괜히 앵돌아져 제 마누라만 타박하였다

치밀어 오른 섫만큼이나
밭은기침 캑캑
정자 지붕 위로 스적이는 바람결에 이울었던 능소화 꽃잎
땅바닥에
발그레하니 또 한 번 피어 더 처연하고
중늙은이 다돼서야 포도시 혼사 치르게 생겼다며
노을 역광 비치는 당산나무께로 낯익은 새 한 마리 날아

들어

　우는 듯 쏙독, 웃고

　웃으면서 쏙독, 울어예듯 자지러진다

구린내 물씬거리는 아재를 반색하는 까닭
동사무소 직원이 야물딱지게 박아 놓은 호적초본 속의 염주마을 4

솟을대문 팔작지붕의 고래실 양반
콧잔등을 감싸 쥐었다

똥 푼 삯을 옜다, 내던져 주며 허겁지겁 피했다

이번 참에도 이겨 먹은
일테면 여태껏 한 번도 져 본 적이 없는 싸움을 엿보았다

여차하면 똥장군 받쳐 놓고 똥물을
쫙 찌끌어 대던,

입술 앙다물며 콧김 씩씩 불어대며 아재는
또 어딜 가려는지
똥장군 짊어진 채 자름한 지게 작대기 불끈 짚고 일어
섰다

여년 묵은 비탈의 자드락 밭도
윤기 도는 연둣빛 떡이파리를 내놓곤 하던 동구 밖 농공
단지

밀린 품삯 못 받고 애가 바싹 탄 유제 사람들
코끝 틀어쥐고 아재를 반색하는 까닭을
이젠 조금 알 것 같다

뒷고샅

동사무소 직원이 야물딱지게 박아 놓은 호적초본 속의 염주마을 5

봉오릴 펴 보지도 못하고
목 꺾인 춘설의 동백이 송두리째 이울더니
연둣빛 꽃무릇 새순들
쭈뼛쭈뼛 솟았다 열아홉 막둥이 삼춘을 덮어 묻던
새물내 멍석마저 뚫고 번지던 거기

캄캄한 동굴 속 같았다 대낮에도
아무도 따라나서지 않는,
할미만 메 한 그릇에다 숟가락 꽂아 진설해 놓고
속울음으로나 잠깐 제를 지내던 대숲
우거진 사잇길로
살쾡이 족제비가 물어뜯은 닭 모가지 깃털이 얼크러진
거기

집으로 가는 지름길이었다
소 꼴 한 짐 뜯어 돌아오는 저녁결
망태에 꽂힌 낫자루 빼 움켜쥐고 고래고래 악쓰듯 노랠
부르며
용단 있게 들어서 보지만

마른 댓잎 밟히는 걸음마다 머리털 주뼛주뼛 서고
불쑥 내 앞을 가로지른
인광 푸른 살쾡이 울음에
새파랗게 질려
뒷걸음치며 혼비백산 시오 리 길의 산굽이를 되돌아갔
던 거기

손깍지 베개 하고 누워서
나직이 러시아민요를 즐겨 부르던
호리호리한 막내 삼춘의 숱 많은 머리털과 천불 난 눈동
자를
퍽이나 닮았다는 내가
으스름 달빛에 대이파리 서걱, 서걱거리는
족보에도 없는 생애사를
용케 새겨들으며 온통 붉어지던 거기

짚봉산
동사무소 직원이 야물딱지게 박아 놓은 호적초본 속의 염주마을 6

여태껏 가 보지 않았다
그 산발치에 팔삭둥이 탯줄을 묻고
머리숱 성글고
어금니 뿌리째 흔들리도록 살았어도 가 보지 못했다
우뚝한 멧부리에 다다르면
사방팔방 확 트이고
천지간이 죄다 보인다지만
한평생 오르지 못할 산 하나쯤 있어야겠기에
바라만 보았다 마음속 깊이 묻어 놓고
우러러만 보았다

당산나무
동사무소 직원이 야물딱지게 박아 놓은 호적초본 속의 염주마을 7

모르긴 몰라도

마을의 최고령인 그가 회춘하듯 새잎 틔워

화창한 봄날의 한 귀퉁이를 떠받치는 건 순전히 그들 때문이다

농사꾼 유전자가 옹이처럼 박혀

공가 묵정밭에다 채마 일군 것도 일군 것이지만

무엇보담 고집부리듯 앙버티던 그들이

꽃상여는 고사하고 앵여도 없이 돌아가실까 봐

곡비도 없이 떠나가실까 봐

행여 가시는 길에 소쩍새 깃들이고 만장 나부끼듯

울긋불긋 가랑잎 떨치며 배웅이라도 해줄 심산이어서

연둣빛 새순을 함북 틔워 올리는 것이다

어른 팔로 다섯 아름드리나 되는 밑둥치께 칠백 묵은 대소사가 스미어서

숯검정 부삭처럼 퀭하니 뚫린 구멍

시멘 범벅이라도 잔뜩 처바르고 오래 버티는

아득바득 버티는 풍채야말로

외려 나긋나긋해서 어떤 풍우대작을 치러도 꺾인 법 없었다는 듯이

떡하니 자릴 차지한 것이다 마을 한가운데
뭉긋이 지상으로부터 끝이다 싶을,
덧없는 세월을 낱낱이 헤아려 보기도 하는 것이다
제 그늘 안에서 공회를 열었고
지신 밟으며 대보름 백중 풍악 울리며 꼽사등이 춤을 추었
고 연정 깊은 입맞춤의 무성영화가 틀어졌고 발랑발랑 까져
일찍 정분난 추문의 여식을 붙잡아
긴 생머리카락 싹둑 잘라내고 밤새 묶어놓기도 하였고
아이스께끼와 엿장수 이발사 방물장시가 다녀갔고
당골네한테 점 보듯 사주팔자 얻어들으며 탱탱 부은 발
등의
외간치들도 잠시 쉬어 가는걸
죄다 지켜본 당산 팽나무
내 본적의 인륜대사와 잡사까지 여전히 관장하듯
봄빛 두꺼운 그늘을 키우며 그렇게 결삭아가는걸 지켜본
나로서는
언제나 싱싱
한껏 푸르게 환해질 수밖에 없는 근본이 언제나 거기
있음을 단 한 번도 부인하지 않았다

연꽃 방죽

동사무소 직원이 야물딱지게 박아 놓은 호적초본 속의 염주마을 8

광주 시내에서 실려온
쓰레기 더미로
연꽃 방죽이 메워지고 나서부터였다

쟁기질 부사리를 부리던
두말 양반 날품을 팔고 상쇠잽이
월곡 양반도
징 울리던 너부실댁도
넉살 좋은 부녀회장 장자울댁도 붕어빵 굽고
이십 리나 되는 양동 닭전머리
재래시장
못다 판 비린 생선 리어카 끌던 귀갓길에

본토박이도 아닌
새마을슈퍼 주인 박샌이
전등갓 깨진 삼십 촉 보안등 켜놓고 생글거리며
알량맞은 외상을 놓더니

구죽죽이 비가 와서

56

공치는 날이면
쓰레기 더미 다진 공터에 구덩이를 파고
피마자 호박씨 남새 등속을
다져 묻는데
칠백 묵은 팽나무 당산에서
외상값 독촉하는 확성기 소리가
밥때마다 들려왔다

버스 정류장에서 생긴 일
동사무소 직원이 야물딱지게 박아 놓은 호적초본 속의 염주마을 9

흰 머리칼
땅바닥에 닿게 생겼어도 이때만큼은
꼬부랑 허릴 바싹 세우며 뛰쳐나왔다

함지박만 한 젖퉁이를 출렁거리며
어딜 가시려는지
고샅 곱은탱이부터 스톱!
스톱! 스톱!
연거푸 카랑카랑 외치는 정차 소릴 못다 듣고 오라잇 출발
해버린,
반나절 만에 잠깐 정류한 버스를 쫓아가던
마을이

새까맣게 끄슬린 기름 연기 풍기며
점점 멀어 가는 완행버스 뒤꽁무니에다 대고 벼락 맞을
뒈질 놈이라고
고래고래 퍼붓다가
제풀에 지쳐 잦아드는 목청과 같이
처져 내렸다

58

벼락 맞은 대추나무 지팡이 짚으며 땅바닥 맞대듯이
축 꼬부라졌다 금방이라도
땅바닥을 파고 쳐들어갈 태세였다

뒤미처 나도
역부러 버스 타러 온 듯 헐레벌떡 가쁜 숨 내보며 시무
룩했더니
마을이
풀 죽었던 늙은 마을이
가문 날 남새밭 소낙비 맞은 것 만치로
말긋말긋 생기가 감도는 것이었다

콩쿨 대회
동사무소 직원이 야물딱지게 박아 놓은 호적초본 속의 염주마을 10

도라무통 여러 개 맞대고 그 위에다
가마니 멍석 깔고
차일 천막 다닥다닥 엮어 만든 가설무대에서였다
고고 디스코 보리댓춤 추며
저 푸른 초원 위를 달려 코스모스 피어 있는
정든 고향 역에 귀향한 동백 아가씨들
양은 솥이며 냄비 텔레비전 냉장고 경품을 받으며
남진이나 나훈아처럼 이미자처럼 앵콜 받던
추석 노래자랑 없어졌다
사라져버렸다 인제부터는
아파트 신축현장의 등짐 메고
어칠 비칠 비계를 오르다 향리 못 간 낯선 인부들만
전등불 두어 개 밝혀놓고
한물간 뽕짝보다 못한 금순이, 굳세어지라며 울고
흥남 부두 눈보라 치듯이
왜장쳐 대던 콩쿨대회 이제는 없다 고성방가죄로
신고당해 잡혀가고 이제는 정말 없다

밤불 축제
동사무소 직원이 야물딱지게 박아 놓은 호적초본 속의 염주마을 11

백 근 넘는 흑돼지를 삶은
가마솥 화톳불마냥 후끈하다
온 마당이
위친곗돈 떼이고
척졌던 유제 사람
상청 바닥 치며 목 놓아 서럽더니
초상 면전에 향촉 가물가물 그을리며
큰절 두 번 올리고는
천수를 누렸으니 원한 없겠다!
물 코 한번 팽하니 풀어 옷소매에다 훔치며
한마디 거들고는
이내 환호성 내질렀다
덥석 윷판 끼어들어서는
왁자하게 야삼경까지 상엿소리 울리며 낄낄거렸다
언제 원수졌나 싶게
마냥 시치미 떼듯 아무렇지도 않던
이런 날에는 하늘도
향냄새 걸게 차린 밥 한 상 얻어먹고는
교교한 월색을 휘영청 내걸었다

발인 상여 매는 이튿날 날씨도 한껏
화창하겠다고 일러 주었다

짚봉 터널
동사무소 직원이 야물딱지게 박아 놓은 호적초본 속의 염주마을 12

굴이 뚫렸다
뚫려서 응당 파내야 할 산기슭
진달래 나무 몇 캤다
이따금 먼산바라기 하듯
사는 일로
등등했던 노기를 삭이던 일말의
흔적을
옮기려는 삽질
발목에
안간힘 써 둥그렇게 밑둥치를 들쳤더니
실뿌리 우드득
우드득 뜯기면서도
악착같이 버티며 눈시울 붉혔다

이삿짐 칸 얹혀 실려 가는
어매가 그랬다

고샅 끝 집
동사무소 직원이 야물딱지게 박아 놓은 호적초본 속의 염주마을 13

산그늘 내린
고샅 끝이라도 양지 바랐다
아침이면 봉긋하게 높다란 마당귀의 두엄벼늘
모락모락 훈김을 내뿜었다
고봉으로 퍼진 이팝나무꽃 우북한 뒤란 우물가
확독 밑엔
거청숫돌이 박혀 있고
금방 부사리 울음이라도 들릴 것 같은 외양간 흙벽 따라
기억 자로 꼬부라진 우멍낫 곡괭이 쇠스랑 권속이
연달아 기대섰다
베랑빡 박혀 녹슨 못에 흙기 마른 면장갑도 한 켤레 걸
렸고
종자 씨앗도 대여섯 봉다리 매달린

예 살던 사람들 어디 갔어요? 물으니, 공단 언저리
달동네 이름 두어 곳을 일러 주었다

옛집에 들다
동사무소 직원이 야물딱지게 박아 놓은 호적초본 속의 염주마을 14

몇 갈래 길이 펼쳐졌다
어른 팔로 서넛 아름이나 되는 팽나무 당산 머리맡의 옛
집 가려면
우선 까치고개 아테나산자락 휘감고
삐비꽃 다복한 공동묘지의 덕림재 가로질러 수박등을
숨차 넘었다
양동시장 닭전머리 돌고개 쪽에서 오려면
철조망 울타리 너머
덩치 큰 군견 셰퍼드 왕왕거리는 미국 선교사의 언덕 위
하얀 집을 거쳐,
땡이만화집과 떡방앗간이 소재한 신촌 마을을 지나
종종 하굣길의 책가방 꼬붕을 살았던 월산마을 휘돌았다
정월 대보름 어간쯤 월산마을 아이들과 앙앙불락 돌싸
움을 벌이다,
커브 그리며 날아드는 둥글납작한 짱돌을 미처 피하지
못하고 얻어맞은 이마빡
아까쟁끼 번진 붕대 대신 된장 발라 보자기로 감싸 묶고
쥐불 깡통 돌리는 쪽돌댁 밭머리를 배시시 지나쳤다
십 리도 넘는 하굣길 태워 주지도 않고

흙먼지 풀풀거리며 그냥 지나가던 말 구르마 얄미워, 꼴
린 말 좆에

한 움큼 세모래 뿌려 오므릴 수도 없게 샘통 부리던 탱
자울집 번죽개를 에돌았다

가뭇가뭇 흐릿한 옛집을 거슬러 가자면

새물내 풍기는 신앙촌의 물색을 팔던 전도관을 반드시
지나쳐야 하고,

파릇파릇 돋아나는 새순의 힘에 받혀, 살얼음이 가장 먼
저 바스러지던 주막샘가 미나리꽝을 거쳐

푸하얗게 학이 날아들던 똥뫼의 오솔길로 접어들어야
했다

직사각 화강암에 갇힌 선각의 부처가 가부좌를 틀고 앉
아 시줏돈 내놓으란 듯

왼손바닥 내밀고

오른손으로는 구부린 중지를 엄지 끝으로 힘주어 누른
채 이마를 때리는 시늉해서

곧잘 돈 낼래 꿀밤 맞을래, 놀려대던 마을 어귀에서

얼추 이마의 땀 훔치며 여릿한 찔레 순 꺾어 먹으며

저 멀리 방죽보 아찔한 다릿거리 보성굴을 쳐다보는데,

너머편 어리중간에 붉덩물의 네모샘이며, 거머리 들끓던 도깨비샘이며

하필이면 실성한 광주댁이 왜 농약병 물고 빠져 죽었는지, 궁금한 버선시암도 보였다

그리고 개헤엄치며 멱 감았던 두어 개의 이름 없는 둠벙받치

열댓 명 식구들이 오글거리던 홑겹 양철지붕의 단칸방 옆에

논두렁 오르막을 낑낑 올라채면 아카샤 우북한 방죽 숲이 있고

숲에 흐르던, 전도 나온 여름성경학교 여학생의 해맑은 찬송가를 회억하며

나는 이미 비석 많은 지당 죽장거리로 접어들었다

이 길은 송정리 쪽에서 잿등고개 넘어오는 지름길인데

남로당 당수 박헌영 씨가 숨어 살았다던 붉은 수수밭의 벽돌공장 지나,

생솔 꺾던 제 누이를 겁탈한 산감한테 조선낫 들고 대들다 붙잡힌 꾀복쟁이 친구의 소년형무소를 거쳐

냅다 콧잔등 감싸 쥔 채

똥구덩이 많던 방구마을의 깔끄막 고갯길로 숨차 올랐다

살짝 쳐다보기만 해도 가려운 개옻나무 피해

허겁지겁 논 건너 솔수펑이 가로지르면 천둥시암이 보이고

한여름에도 손 시린,

생각만 해도 으슬으슬 닭살 돋는 샘가에 엉거주춤 쭈그려 앉아 쉰내의 땀자국 씻고 나면

폭풍우에 씻긴 붉보드라운 황토에 도드라지던 파란 녹의 청동 칼빈 총알과

아카보소총의 탄알이 구들거리는

짜구대밭머리 선잘동이 손에 잡힐 듯 눈에 선했다

이쯤 해서 다래 머금은 목화밭의 도감넘이 지풍골에 옴팍 자리한 돌부처 한 분이 반개한 눈을

묘하게 뜨고 실웃음 치는

시도 때도 없이 시주와 공양을 받던 독암사가 보이고

은근살짝 커다란 젖통을 윗옷 새로 삐져 내놓은 채 탁주잔을 이물 없이 건너던 과부댁 종례네 점방도 보였다

여기서 또, 한 오십 보쯤 떨어진 건너편으로 가다 보면

퇴로 끊긴 일본군이 숨어 지냈다는 토굴 뒷고샅이 거멓

게 눈에 띄고

닭 멱을 낚아채던 살쾡이 송곳니처럼 대뿌리 벙글써하게 삐져나온

그래서 늘 소름이 오싹 돋던 거길 다 지나면

희다 못해 옥양목처럼 연둣빛 감도는 자두꽃 어린 다락방, 코딱지만 한 봉창만으로

청청 하늘이 죄다 보이는 염주마을 옛집인데

수십 년씩 묵은 장작더미에 황구렁이 햇빛 감아 돌며 등줄기 자르르 빛내듯이

문안 가는 길이 이처럼 길고 멀었다

가까스로 굽이굽이 누비어 가듯 싸묵싸묵 거슬러 들어도

한 오륙십 년은 족히 걸리는 길이

새삼 정겹고도 서럽고, 서럽고도 정겨운 것은

내 본가의 옛집을 잊어먹을 만큼 하루도 강렬한 생을 살지 않았으면서

이미 한물간 내가 여기에 이르는 까닭이다

제3부

스멀스멀 뒤밟아오는 낯선 그림자 두엇

먼 길
80년대 풍경 1

더더욱 두 귀를
쫑긋 세운다
가랑잎 쓸리는 밤저녁 잔뜩 움츠리며
외투 깃 세운 채
숨 조이며 한번은 오실 것 같아
슬며시 문고리 풀어놓고도
마음은 두근두근 애달아 들창문 새로 마중하면
별똥만 이내 스러지고

벌써 몇 해째인지
발갛게 등촉 켠 공단 언저리
함바집 찬모와 같이
잔업 특근 마친 기름때의 남정네 눈길이라도 마주치면
꼭 그 사람인 것 같아
주인 몰래 고깃점 한 점 눈치껏 더 썰고 더 썰어
엎어말이 국밥을 말아 주다 보면
괜히 얼굴만 화끈거리고

전등갓 깨진 방범등마저 초라한 언덕빼기까지

스멀스멀 뒤밟아오는

낯선 그림자 두엇

섬뜩한, 섬뜩함이 배어 있는

인적 끊긴 어느 산속이나 수원지 바닷가 바위 틈새에 버려진

외마디의 비명

그 사람이 내지른 것 같아

하루에도 몇 번씩 눈물 치받치는

아아 되돌아보면

흔적조차 없는 발자국을 끝도

갓도 없이 찍고 가는

천렵

80년대 풍경 2

있는 힘껏

페달 밟은 짐받이 자전거 발전기에다

전깃줄 매달아 붙이고 물고길 잡다 보면

물살 약한 바윗돌 틈새나

얇은 물속 헤엄치는 송사리 피라미쯤 하얗게

새하얗게 뱃구레 까뒤집고

쭉 뻗어버리나

눈썹 지느러미 한번 꿈적 않는 놈도 있다

얼핏 눈에 띄게 잔뜩 약만 올리고

더 깊은 냇물 속으로 유유히 사라져버리는

아주 큰 놈이 있다

회 쳐 먹으면

잘근잘근 씹는 식감도 식감이지만

뽀얗게 우러나는 뼈마디 탕국에 군침 돌듯 입맛 당기는

하여 능란하니

긴 장대 두어 개 연결하고 전깃줄 늘어뜨리고

장딴지 쥐 나도록 은륜의 페달 뒈지게 밟으며 지져대면

쭉 뻗어 떠오르는 물고기잡이

어릴 적 추억의 갈피에서만 본 게 아니다
일 계급 특진에다 두둑한 현상금 걸린 내가
오촉 등 침침한 대공 분실의 취조방에서
마주친 적이 있었다

장수하늘소
80년대 풍경 3

전신주 갓 전등에
벌레 한 마리 날아들었다
천연기념물로 지정된
자연학습 도감에서나 본 듯한 갑각류

등덜미 잡혀 갇혔다
사나흘 방충망 덮인 유리병 속을
빙빙 돌더니
까만 눈빛에다 톱니처럼 뾰쪽한 입만
섬뜩 벌린 채 꿈쩍하지 않았다

박제품 만들까
마당귀 파고 묻어 줄까
생각하노라니
문득 흰 벽 하얀 방이 떠올랐다

굴속 같고 무덤 같은 그곳에
나 같은 건
마음의 뼛속까지 온통 시리고 아리었지만

되레 서슬 퍼런 눈빛의,
종신토록 갇혀 지내던 어르신들
한 별 우러러 끝내는 사무치어서
사무치어서 눈도 못 감던

하얀 방
80년대 풍경 4

공판 마치고
호송 버스 오르자
그것도 집이라고

마음은 벌써
식은 배식의 콩밥 한 덩이
꾸역꾸역 물 말아먹고
눕고 싶다

냉수마찰 끝낸 동료가 온수 담긴 페트병
이불 속 깊이 묻어둔

시찰구 틈새로
삼십 촉 알전구 불빛이
또랑또랑 새어나던 광주교도소
2미하 18방

세상모르게 곯아떨어져
까무룩 잠들던

비상

80년대 풍경 5

형량 선고받듯
배식받은 콩밥을
먹다 말고 남겨 주었더니
날갯죽지가
제법 두툼해졌다
입때까지
뒤룩뒤룩 살만 쪄서는
창문턱 근처에서만 맴도는 비둘기
쫓아 보냈더니
한 치 앞을 벗어나지 못한다고, 밥만 축낸다고
타박 놓는
그런 날에는 무르춤해졌나 싶더니
외려 마룻바닥 아래서 구구구
내 밤잠을 설쳐대더니
창공을 날아올랐다
기상나팔 소리보다 일찍 깨어 힘껏 날아 보였다
한 번은
생에 한 번쯤은
저리 저렇게 날랠 때가 있다며

파닥파닥 박수치듯
끼니때마다
아예 밥 한술을 먼저 덜어 주는걸
소일 삼던 나는
비로소 나의 어깻죽지도 가만
쓰다듬어 주었다

복내 가는 길
80년대 풍경 6

외진 산골 마을의 들쑥내 황톳길을 걷다 보면
쏙독새 울음 하나 가슴 깊이 박혀 오지
국립사범대생 오빠를 위해 공민학교마저 중퇴하고
봉제공장 바늘 끝에 피 흘린 첩첩 사연이 들려오지
대학 마치고 봉급 많은 자리를 마다한 채
고개 숙여 반기는 할미꽃 그늘 아래
앳된 누이의 눈물을 묻었던 두 칸 반짜리 땟물 습한 분
교정
버짐 하얗게 핀 앳된 가슴에
보무도 당당한 행진의 풍금 소릴 들려주는 친구가 있지
피 묻은 재봉틀 바늘로
작업복같이 찢어진 세상 한 켠을 깁고 싶다는 누이의
다부진 꿈 묵묵히 가르치는 선생님이 계시지

도끼질
80년대 풍경 7

정작 내려치는 것은 나무토막만 아니었다
삼십여 년 넘게 분필 밥 먹으며
뒷심 많고 수단 좋은 동료들은 교감 되고 교장도 되었지만
애오라지 앳된 종아릴 때리다가
평교사로 늙어버린 아버지
끄떡하면 데모하는 아들 탓에 나이 어린 교장한테 불려가
굽실굽실 시말서 각서 써 주고
맨드라미 화끈 달아오른 뒤란에서
번쩍 도끼날 들어 올려
장작 패는 걸 보노라면 나도 패 주고 싶은 것이 있다
좀 더 나은 내일을 꿈꾸는 일이
외려 불온이 됐던 시대
강제해직당한 아버지의 상처처럼 골패인 받침목에 눕혀 앞 발꿈치
눌러 밟고
벼린 도낏자루 거머쥔 두 손 피 물집 배어들 듯
힘껏 내리치고 싶은 것이 있다 당차게 모로 세로 돌려가며
시퍼렇게 앙칼진 두 눈을 부릅뜨고

길갓집
80년대 풍경 8

샛길로 뒤돌아가네
동구 밖 미나리꽝 길갓집
에돌아가네 풀벌레 울음소리만 들어도
옷고름 찍어 우시던,
궁색한 외등 불빛 아래
밤늦은 내 귀가를 무척 반기던 어매

허리 휘고 귀밑머리 새하얗게 팬
꼬깃꼬깃한 쌈짓돈 쥐여 주네

요긴할 때 쓰라며
악착같이 호주머니에 찔러주시네
바람 든 뼈마디의 무릎 팔뚝 걷어붙이고
새파란 미나리 건져 올리는 날품

볼 면목이 없네
온다던, 또렷한 목소리의 친구 녀석
못다 누린, 사무친 지상의 시간을
너무 헤프게 살아 죄만스러운데 앞서긴 두렵고

근근이 뒤꽁무니만 따르다가 끝내 지쳐버린
이렇게 체증 맺힌 명치끝만
쓰다듬으며 샛길로 뒤돌아가네

하이바
80년대 초상 9

이웃집 대문 맡 오토바이 한 대
서 있다
엇비스듬히 기운 채 앞바퀴를 모로 튼 핸들에
거꾸로 내걸린 헬멧이 시뿌옜다

페퍼포그 지랄탄 최루 연기 자욱한 가두에서
유독 반짝이던,
화염병 잽싸게 던지고
토끼다 자빠진 내 눈빛에
악착같이 쫓아온 진압곤봉을 차마 휘두르지 못한 하이
바였다

공무집행 가는 길에
일부러 들러 노모의 안부를 여쭙는 마당으로
냉큼 뛰어 들어가
하이바에 짓눌린 뒤통수 등 뒤를 와락 끌어안으며
값하고 싶은 옛일이 있었다

유치장

80년대 초상 10

당직하러 오는 경관

서리 낀 눈썹을 털며 들어섰다

입천장까지 덴 광주 동부경찰서

사식 국물을 나눠 마셔도 냉골이 뼛속까지 후벼 들었다

길 건너 도경 대공 분실에서 얻어터지며

조사계 진술서에다

억지로 붉은 인주 묻혀 손도장 찍고

이끌려와 배정받은 담요

살며시 덮어 주었는데도

삐죽이 삐져나와 오들거리는 발가락, 서로의 체온에 의
지한 채 잠들던

세상모를 한뎃잠 추슬러 주었더니

담채 문신이 꿈틀거렸다

금방이라도 불 뿜어 포효하듯 날아오른 용의 팔뚝

팔뚝의 용을 베고 누운 솜털 보송한 홍안의 조직과 막가
는 폭력배한테

채워진 수갑 온도는 얼마일까

고개 돌릴 만한 흉악이나 목숨의 높낮이마저 지우는

한껏 웅크린 짙푸른 모포를 감시하던 눈빛마저도 걸상

에 고갤

　뒤로 틀어 제치고 앉아

　드르렁드르렁 코까지 골아댔다

면회
80년대 초상 11

싸락눈 몰아치는 연병장 가로질러

질질 끌려 나옵디다

혼인 날짜 받은, 집행유예 선고받은 선배 대신

군말 없이 징역 살다 뒤늦은 강제징집의 입영 전야 쓸쓸
히 부르던 녀석

누렇게 빛바랜 군복 어깨 위로 쌓인 눈송이

말끔히 털어 주는 손길이

뭐 그리 대수라고

새벽 첫차 타고 올라온 홀어매의 눈빛 애써 피합디다

뻔히 알면서 짐짓 모른 채 딴청 부리며 실없이 장난만
칩디다

영창 너머 도란도란 하고픈 말들 많고

웃돈 얹어 어렵사리 구한 사식의 따순 밥알만큼이나 그
리 많은데 절절한데

얼굴 봤은께 됐다며

금세 붉은 포승줄 묶여 이끌려 가버립디다

양 옆구리에다 끼고 호송하는 헌병 향해 악다구니 쓰는
어매

한 번쯤, 한 번쯤은 되돌아볼 만도 한데

그저 나부끼는 눈발 속으로 아련히 멀어져 가버립디다

출옥

80년대 초상 12

1

매 맞아 얼든
독毒을
똥물로 다스린 적이 있던 할아비가

측간 깊숙이
대나무 통을 박았다 몇 날 며칠
걸러지고 걸러져
상처 깊은 곳까지
온몸으로 스미는 똥물 한 사발을 퍼 왔다

2

연탄 화덕에서 탕약이 절절 끓는다

인삼에 백출에 복령에 당귀에 천궁에 숙지황에 생강에
대추에 작약에 황기에 육계에 감초에 몸을 보한다는 각이
한 한약
모락모락 김이 괴어오른다
쓰고 달콤하고 구수하고 향기로운 냄새가 나는

약 달이는 소리가 삐삐 즐겁다*

어매는 약탕기 덮은 한지와 같이 검누렇게 찌든 그지간
의 일을
골고루 들려주셨다

* 백석의 시 「湯藥」에서 빌려왔다.

또, 악몽
80년대 초상 13

끌려갔다

왼팔 뒤로 꺾인 채

또 유치장에 갇혔다

아무리 변명해도 소용없다

뒈지게 얻어맞고 손가락 사이로

검정 볼펜 끼워 눌러

손가락뼈 드러나듯

물비린내 토하듯

없던 일도 억지로 지어 자술했다

잊을 만하면 생각나듯

발끝이 흰 벽에 가닿는

철문에다 쇠창살 박힌 쪽창의 하얀 방

수감되어선 이름 대신

푸른 옷 선명한 붉은 수인 번호의

명찰을 달았다

나보다 훨씬 많은 형량을 선고받은

똑같은 죄질의 신참내기

미안해하며 출소하고

이럴 수 없다며, 탈옥하다 잡힌 나는

징벌방 갇힌 채 형량이 곱으로 늘어났다
가위눌린 잠꼬대만 계속했다
너무나 억울해서
쇠창살 철문에다 머리 이마
수십 번씩이나 짓찧으며
꺼이꺼이 울었다

사회과학서점 문밖
80년대 풍경 14

새벽을 치우는 청소부가 보인다
허연 허벅지 배꼽까지 드러낸
파마머리 여대생도 어스름 딸랑거리는 두부 장사도
빈 상자 차곡차곡 챙겨가는 꼬부랑 파파할미도
연둣빛 이파리로 일렁거릴 때 있다
매운 연기 자욱한 가로의 나무 붙들고 우욱 토해내던 가
슴들
왜 그렇게 붉었던가,
먼지 풀풀거리는 얄팍한 지식이나 파는 서점
블라인드 하나 걷어 올리니
저렇듯 세상이 온통 비추어오는 것을
목청 큰 소리만 귓속 가득 채우고 저 홀로 어두운 길
헤쳐 간다고 우쭐대는
그래도 밤하늘만큼이나 가득히 별이 빛났다

어떤 문상

80년대 풍경 15

조선대 정문께서
사회과학서점 열고 판매 금지된 이적 표현물
짱박아서 팔던 때다
수시로 손님 가장해 들락거리다
드잡이하던 끝에
나로 하여금 징역 살게 했던, 만정이 다 떨어진 이 작자
에게
한번은 애인이 싸온 점심밥을 같이 먹자고
마음에도 없는 선심을 부렸더니 글쎄,
사양하기는커녕 냉큼 달라붙어
천연덕스럽게 밥을 축내는 거였다
그러고는 한동안 발길 뜸해져 무척 궁금하기도 하였는
데 뜻밖에
새물내 정장 말쑥한 그 작자가 내 혼례식장 귀퉁이에
조용히 앉아 있는 것을 보고
와들짝 놀라기도 했었는데
얼마 전 나는 이 작자의 부음 소식 전해 듣고는
남몰래 문상을 다녀왔다

장어 빚
80년대 풍경 16

5공화국 출범하던 어름이었다
시국이 시국인 만큼 감옥을 살고 나온 적강 선생
모두 등한시하던 터여서
남몰래 불러내었다
서은 선생이
징역 독도 풀고
몸보신도 시켜 준답시고 장어를 배불리 사 주던 것과 같이

적강 선생 역시
간첩 조작사건으로 십오 년 형 선고받고
구 년째 복역 중
가석방된 시인을 조용히 불러다 장어를 원 없이 사 먹였다
그걸 맞받아서 그 시인 또한
장기수 오줌 싸는 시간만큼이나 찔끔 살고 나온, 그것도
징역이라고 위로하듯
막 출소한 나를
영산강 구진포에까지 냅다 이끌고 가서는
강연하고 받은 수고비로 배 터지게 사 먹이던 민물장어
와 같이

나 또한
공안 사범의 옥살이는 아니더라도
열심히 일하고도 사람답게 못사는 사람들이 있다는걸
못 견디고 들입다 역성 드는 이라면
후생이라면 더더욱 장어 사 먹일 용의가 있다 언제든지
복분자 반주도 곁들이며
장어 빚 갚을 준비가 다 되어 있다

제4부

머지않아 우리가 옛이야길 하며 밝게 웃는

잠행
수배 일기 1

앵두나무 꽃등 켠 마당 보입니다
들일 마치고
이제 막 돌아와 밥 짓는 연기 피어오릅니다
뜸북뜸북 저려오는 가슴만 쓸어안고
먼 대숲 발치의 울타리 너머
고즈넉한 집안 곳곳을 속속들이 훔쳐봅니다
섣불리 가면 안 되는 줄 알면서
끝내 초승달 아스라이 굽어보는 자정쯤에는
할아버지 앓은 소식 안 잊혀
잠복한 형사 몰래 담장을 넘었습니다
한 번도 마음 편히 욱신거리는 허릴 주물러 드리지 못해
쫓겨 다니면서도 늘 가슴 아팠던 할아버지
흙내 낀 손바닥으로 내 어깰 가만 다독거려 줍니다
당신같이 앓아누운 세상을 헤쳐 가는 손주인 줄 아셨는지
꼬불꼬불 구겨진 쌈짓돈 꺼내 주며
어여 가라고, 내쫓듯이
연방 손사래 치는 할아버지, 꽃상여 타고
북망산천 가실지라도
다시는 오지 않으렵니다

장대비
수배 일기 2

매지구름 가득 낀 한여름이었다
남광주시장 들어서는데
성국아, 이름 부르며
움찔거린 내 어깨를 덥석 껴안았다
게걸스럽게 감꽃 주워 먹던 어렸을 적에는
괜한 오기가 서려
부잣집 애들만 골라 패주던 깨복쟁이였다
보상 한 푼 없이, 큰비 쏟아진
방죽보 공사 흙더미에 아비를 묻고,
엄니마저 현장감독 따라 훌쩍 떠나버려
동네 사람들의 눈치를
고스란히 받으며
정미소 허드레 밥을 얻어먹던 친구였다
눈물 그렁그렁 여물어 철든 어간까지
품삯도 안 쳐주고 머슴 부리듯 다스리는 주인과
대판 싸우던 어깨동무였다
일용할 질통을 짊어지고
비계 오르다 허리 다쳐
일찌감치 내자마저 도망쳐서 노상 좌판에 눌러앉았다는

벗이었다 모질게 견뎌온 이 땅에서
서러운 것은 결코 가난만은 아닐 거다
언제 잡힐지도 모르는 내 처지를 염려하며 어눌한 면상
애써 찡그려트리기도 하지만
머지않아 좌판도 철거당하고 쫓겨날 시장통
돼지국밥집 탁배기 몇 잔에
끝내 감꽃 같은 말투 비틀거리며 울먹이는
서러움처럼 장대비가 줄곧 쏟아졌다

어버이날
수배 일기 3

황급히
대문 고릴 걸어 잠가 놓고도
애가 탄가 봅니다

몰래 숨어들어 새우잠 든 아들 보며
무등산 4수원지에다 내버려진
이철규와 같이 익사당할 줄로만 아셨는지
마냥 대밭 울타리 너머
사방팔방을 힐긋힐긋 쳐다봅니다

불쑥불쑥 대공 형사 찾아와선
집안 뒤지고
파출소 근무하는 말단의 깨복쟁이 친구 놈까지
빨갱이 자식 내놓으라고
눈알 부라릴 때마다
매번 눈시울 붉히셨던,
물봉숭아 우북한 뒷고샅 길을 나서는데
차마 못다 지켜보시고는
끝내 고개 돌리시는 어머니

누구의 꽃도 달지 않으셨습니다 올해도
남몰래 와서
울먹울먹 돌아갈 아들내미인 줄 알고
카네이션 붉은
빈 가슴을 남겨두었습니다

가족사진
수배 일기 4

무척 조아렸을 거야
내가 찾아올까 봐
우아한 드레스의 신부 맞을 의젓함
다 팽개치고
분명 안달 꽤나 났을 거야

어떻게 알고 찾아왔는지
불쑥 다가와 얄팍한 축의금 봉투
능청맞게 내밀던 대공 형사
수갑 소리 들으며 애깨나 탔을 거야

팔짱 낀 새색시 방긋 웃는 가족사진
찍으면서도
형은
동생의 빈자리를 연신 쳐다보며 등등하던
노여움을
꾹꾹 눌러 삼켰을 거야

방을 구하며
수배 일기 5

목청 크게 엄니이, 부르면
버선발로 뛰쳐나올 집을 버젓이 놔두고
방을 구할 때
얼기설기 얽힌 낯선 골목의 사위를
두리번두리번 살피며
북새통 시장 언저리나 방범등 초라하고
수돗물 숨차 오르는 산동네 단칸방
복덕방 거치지 않고 얻을 때
우선 이웃과 가겟집, 통반장 집의 동향을 엿보았다
순하고 착한 인상 풍기며
취직 공부하려고 조용한 데를 찾아다니는데, 사람들은
자주 들락거려요, 쥔 양반은 뭐 하세요?
살짝 묻고 뒷문도 눈여겨보아두었다

내 친구 양기창
수배 일기 6

내일은 잡힌다 내일은
잡힌다 서늘하게 귀뚜라미 소리
들려올 때
매양 기름때 얼룩진 잔업 특근 찌들어도
슬며시 밥상머리 찾아와 반찬통 놓아 주며
끼니 걱정해 주던 친구
USA Army가 새겨진 총과 대검을 쥐는
군대가 싫다고
오함마로 집게손가락 박살 내더니
약해져 가는 내 마음 꽝! 부수고
움푹 파인 눈동자마저 용접 불빛처럼 살아
나의 불안과
동요를 땜질하는 너의 팔뚝 껴안으면
꼭 모닥불을 쬐는 것 같다
등짝은 외롭고 캄캄해도
벌건 불꽃 내며 화끈거리는 그 가슴
말 안 해도 알 수 있다
그까짓 철창 감옥이 무서워 싸움터 팽개치고
날이면 날마다 셋방에 숨어 뭐, 하냐고

코 골며 잠든 너를 깨워서 라면 국물 한 그릇

먹여 보내지 못한 새벽 출근길

네 모습이 정말 눈물겨웠다

푸른 生
수배 일기 7

1
깨진 유리창 틈새로
조각진 하늘만 비친다고 푸념 늘어놓았더니
형사 아비를 둔 네가 눈시울 젖어 뛰쳐나간다
지독한 마음 허물 듯 울컥
달방 구멍 틈새로 새어든 하늘조차
파랗게 멍들어 더욱 처연했다

2
낡은 석유곤로 하나
구해 왔다 등유 붓고 심지를 올린다

그 많던 녹을 닦아낼 때 불 피울 수 있을까
조바심 일었는데

파랗다 못해 시퍼런 불꽃이
활활 타올랐다

공소시효 끝날 때까지는 버틸 만한 힘이 생겼다!

3

아직은 저 푸른 하늘이

너와 나의 몫이 아니다

밤늦은 암거의 뒷골목만 딛고 오는 너의 조붓한 어깨가

명치끝 체증처럼 욱신거렸으나

우리가 마주 볼 수 있는 저 푸른 하늘은

삼 년 오 년 십 년……, 혹은 죽어서

여자의 향기
수배 일기 8

코 골다가
뿌드득뿌드득 이를 갈아서 베개를 반듯이
고쳐 베어 주자
지그시 웃는다

넉넉잡고 칠 년 공소시효를 버티려 하냥다짐하고
꽁꽁 숨던
적거지와 같은
산 번지

살림 몇 들이다가
크지도 않은 쌀통 땜시
방문 앞 꽃가지 몇 잘라낸 나무에 손등 긁혀 붕대 하얗
게 굽이감으며
목련 향 난다고
싱그레 벙그러진다

나와 편들면 힘들다는 걸
뻔히 알면서

아무렇지 않게 상처를 꽃향기로 아물어버린 곤한 잠꼬대의
갓 몸을 연 목련 속살과 같은
숨내
그 아찔한 그 웃음에 그만 떠밀려
떠밀려

가물치 낚시
수배 일기 9

무료해서 가끔 저수지에서 가물치 낚시를 하고는 했다
물낯 위로 말뚝처럼 머릴 내밀어선 지친 날개 쉬어가는 새
들을 어김없이 잡아채는 이놈은 산란기가 되면 갈대숲 우
거지고 물결 잔잔한 데를 골라 알을 슬어놓았다 그리곤 제
알들을 개구리 등속이 훔쳐 먹을까 봐 멀찍이 숨어 지켜보
았다 누구든지 이 알집만 발견하면 놈을 잡은 거나 진배없
다 은밀한 위장술을 부릴 것도 없이 앳된 개구리 한 마리
를 낚시
바늘에 끼워 디밀어대면 단번에 쫓아와선 냅다 물었다

여자 후배가 금방 불구속으로 풀려나왔다 풋풋하고 생
기발랄한 여자애가 가물치 앞 개구리처럼 팔딱거렸다

편지 한 통
수배 일기 10

여보시게, 자네
후미진 학 3동 미로 길을 더듬어
밤새 찾아온 자네 마음은 잘 알겠으나
현상금 삼백에 일 계급 특진이 걸린
내가 가장 무서워하는 건
수갑 붙인 채 끌려가 짓밟히는 폭력 고문이 아닐세
어차피 이 일은 식민지 청년의 당연한 운명이 아니었던가,
한때는 자네도 검찰청 옥상에 올라가
이철규 살인 고문을 규명하라!
핏발 세우고 진압해온 전경들을 피해서 뛰어내린
심기 다부진 도반이었는데
앳된 여자 후배가 북부서에 잡히고 또 누구는 안기부에
붙잡혀
체면 깎인 도경 대공 분실장이
하필 자네를 택해 구슬렸는지 모르겠으나
부끄러움도 없이 자수하면
모든 책임은 죽은 이철규에게 뒤집어씌우고
집행유예로 풀어주겠다는 음흉한 저의를
고분고분 믿어버린 자네가 무섭네

여보시게, 이제는 더 이상 찾아오지 말게

저들이 추적해오는 줄 알면서 가만히 앉아 당할 수만 없네

자네를 피해야 하는 나도 슬프지만 너무 섭섭하게 생각
말게

머지않아 우리가 옛이야기를 하면서

밝게 웃는 그 날도 곧 올 걸세

행주 집 일박

수배 일기 11

방이 털리고
진눈깨비 내리는 화순군 천암리
농사꾼 행주 집 찾아갑니다
운주사 산모퉁이 돌아 초승달 굽어보는
비좁은 토담 길 가상엔
까치밥 남겨둔 홍시 핏자국이 파다했습니다

행주야, 부를 때마다
어둠 새로 낮게 웅크린 골목에서
시퍼런 안광을 켠 채
불쑥 튀어나온 개들
감시의 눈치를 조금도 거두지 않고 노려보면
섬뜩하리만치 머리칼 쭈뼛 서고
다시 되돌아갈까 망설여지기도 합니다
봉창 불빛 타고 도란도란 들려오는
낯익은 다정조차도 두려움이 앞섭니다

한두 번 겪은 일 아닌데
어느 곳에서도 편치 못한 마음

벌써 얼마만큼인지는 모릅니다 기억조차 닿지 않는
녹초가 된 발걸음을 옮기는 밤마다
불현듯 가슴 깊이 다져진 짐승 같은 육감
몇 곱절 서러운 오늘은
청국장 넉넉한 동무 집에서 말끔히
잊어보려 애썼습니다

악몽
수배 일기 12

불로 지진 듯 생살 타는 냄새 풍기며 흰자위 부릅뜬

불심검문의 수갑과 붉은 방 밧줄에 매달아 살점 도려내
는 비명, 비명으로 항거하던, 끝까지 입 다물고 죽음으로
견디며 항거하던

밤 깊은 간이역 근방에서 적개심 피곤한 눈꺼풀을 잠시
내리고, 스스로 초췌한 수인이 되는, 꿈속에까지 찾아와
내 눈알을 뽑고 목울대 졸라, 가위눌리는

내내, 저를 일깨워 주며 버티도록 힘께나 북돋아 주는

제5부

내동마을 들입의 살구나무 청솔 양옥

도라지꽃
학교 밖 학교 1

한 철이 가고 하양 또는
연보라색 별 모양의 꽃이 돋는 생태 터알
또 한 철이 저무는 이 마당에 그저
폐교같이 우북한 운동장 풀들을 마냥 바라볼 뿐이다
큰비 큰바람에 휙 날아가 버린 루핑 지붕의
관사처럼이나 눌러 있고 싶지 않다고
재바르게 지붕 얹힐 견적도 여러 번 받아 보고 또
대들보나 기둥은 아니더라도
서까래 같은 튼실한 동량 몇몇 일러 주었는데도
학교는 그저 말만 무성한 회의하느라 바쁘다
마을이 떼거지로 몰려와 제기한 민원도 들은 체 만 체
당신이 좀 알아서 처리하라는 투여서
삐딱하게 벨이 꼴려 땡강 부리고 싶다가도 그만
나도 저들보다 잘난 게 별로 없어
굽실굽실 동회 중인 이장들께 머릴 조아리러 간다
외롭게 수수 모감지에 달라붙듯
사는 일로 어찌나 이파리를 꽉 쥐었던지 날갤 쫙 펴고
앉은 채
서걱거리는 밀잠자리의 가벼운 행적

반흔으로나마 남아 이내 처량할 터지만 어쩌랴
이게 다 도라지꽃 같은 일상을 심고자 하는 일이라고,
스스로 자임하며 나를
다독다독 달랠 수밖에 없는 것을

정령
학교 밖 학교 2

십이지신상과 같이
운동장을 빙 두른 나무 중에 제일 큰 나무
쓰러졌다 큰바람 억수에 논바닥으로 꼬나박혀
임자한테 쌀 한 가마니 값을 물어 주었다
환갑 넘은 이장 부친이 교장으로 부임해와
뿌리를 친친 감은 채 카고 트럭에 압송해와 심었다는
갑골 모양의 표피가 두 아름이나 되었다
별과 달의 기운을 부리는 신령이 깃들기라도 하듯
막걸리 두 되쯤과 김치 보새기에
젓가락 삽시하고 톱날을 갖다 댔다
토막토막 거둬내며 되게 고까워했다 이장은
소학생들 기운을 너무 뺏어가 폐교가 된 적이 있다고
톱상스레 큰 나무 탓을 하며
글그렁글그렁 푸념을 늘어놓았다
보잘것없는 일당이나 받아야 하는 이 학교에
집안 논밭을 몽땅 기증해버린 육친을 탓하듯
비바람 들이치고 나무와 나무 사이로 개벚나무 괴목이
침입해오고
도도하게 달빛과 별빛과 꼭두서니 동쪽 빛이 쳐들어오는

운동장 둘레를 바라볼라치면
명묵히 큰 나무가 서 있던 우듬지쯤에는 여전히 청청한 기운이
둥글 뭉실 서려 있는 것 같았다
생기발랄 뛰놀던 애들도
그 나무에 깃든 새집의 알을 털어먹던 도둑괭이도
오랫동안 우두커니 서서 큰 나무의 빈자리 쪽을
물끄러미 쳐다보았다

정화

학교 밖 학교 3

마치 벌 받으러 온 듯했다

교원자격증도 없으면서 가르치려고만 하는,

내심 내키지 않는 그자와도

스스럼없이 목례를 올리며 악수했다

내가 나에게 내린 유배라고 여겼기에

이곳에 귀양 와 사는 것이라고 자족하며

바지 호주머니 깊숙이 악수한 손을 감추듯이 집어넣고

기초 과정에서 본 과정 내지는

심화 과정으로 가는 비탈길에 넘어져 발목을

겹질리기도 했지만

폼으로 갖다 놓고 싸둔 것인지

읽지도 않은, 책상 좌측 살신성인들의 평전이며

중용를 가르치는 경서 없어도

돌과 나무에서 불을 꺼내 물과 바람으로 밥 짓는 연기 피우며

민물고기 굽는 수업을 보며

여전히 나는 죄를 짓고 있다는 생각이 불쑥불쑥 들었다

열심히 황룡강의 탁류를 떠 와

모래 자갈 대이파리 쑥 숯덩이 목화송이로 손수 만든 정

수기에

　　몇 번이고 쏟아붓는 자정의 아이들로부터

　　내가 저지른 죄과가 여과되는 느낌

　　대안도 없으면서 대안이 있는 듯이 선생도 아니면서

　　선생처럼 씻겨 주러 왔다가 내가 씻겨지는 이 느낌

　　행정실 복도 개수대에

　　애들이 만든 천연비누가 미끌미끌 포득포득 빛나 보였다

　　정수한 물을 생태 터앝에 갖다 부어 주며

　　때 묻은 나의 손도 여러 번 씻어냈다

평정

학교 밖 학교 4

해묵은 삼밭 애벌갈이 하다 보니
삽날에 자운영 몇 폭 망초 봄까치 냉이꽃
허리 찍힌 지렁이며 두더지 집이 뒤집혀
거름이 되더라 찌그러진 채 녹슨 쇠붙이며
불을 품은 라이터 이 빠진 옹기그릇 깨진 병 조각
등속이 드러나 보이더라
손바닥 물집 돋도록 파고 뒤집고 골라내다 보니
어느 한 곳 높낮이 없는 텃밭이 만들어지더라
흙굴형 같은 이 학교에서 제 뜻과 다르다고 해서
꼭두서닛빛 저녁노을처럼 술기운 흥건해
여자 사감을 불러 윽박지르듯 젖빛 유리창 깨뜨리고
제 생각과 다르다고 해서
행정실 다기 그릇을 산산이 박살 내며 쌍욕도 퍼붓고
씩씩
수업 중인 교실 복도 바닥을 쿵쾅거리는 학교장의
자질을 생각하는 나는
다만 오늘 같은 날에는 운동장 귀퉁이 산벚꽃
난분분 휘날리는 날에는 연분홍 광휘에 젖어서
총각 언어 선생이 반 애들을 다 끌고 나오는걸

잇따라 쫓아 나오는 처녀 선생한텐
평정을 잃었다고 말하지는 못하겠더라

봄날은 핀다
학교 밖 학교 5

태풍에 어깻죽지 꺾인 내등마을 초입의 정자나무

연분홍 살구꽃 우듬지로부터 핀다

철조망 그어진 여학생기숙사 뒤편의 수목원

젖살 빛 목련꽃무더리 뭉실뭉실, 새알 같은 구름 떼밀어
올리는 데부터

핀다 봄날은

입학이 엊그제 같은데 훌쩍 커버린 몇몇 조숙한 여자애들

연둣빛 감 이파리 같은 연서를 두근두근 적어 보내는

심화 과정 남자애

곧 자퇴해 떠난다는 소문에 술렁이는

그 봉싯한 가슴을 애써 쓸어내리는 손끝에서부터 핀다
광주 등임동 미인가

대안학교의 봄날은 본관 뒤쪽 생태 삼밭의 등뼈 굽은 배
나무 꽃처럼

새하얗게 퇴임한 교장 선생 흰 머리칼을 스쳐 온 바람의
끝에서부터 핀다

애써 폐기물 분리수거를 마친, 부서지고 찌그러진 책걸상

꼼꼼히 수리하는 소사 선생의

땀 젖은 작업복을 빨랫줄 간짓대 끝까지 밀어 올린 데부

터 핀다 무엇보다

　이가 깨져 교문 밖에 버려진 식당 간장 종지

　앉은뱅이 민들레 한 폭 들어 앉히던, 들일 게 바람뿐이
라도

　넉넉하게 흔들이며 핀다 흉터가 꽃 되듯 핀다

식경

학교 밖 학교 6

폐교운동장과 같이
겁나 우거진,
세모 대가리 파충이라도 나올 것 같고
대낮에도
귀신이 나오게 생긴 운동장
풀 뽑자고
메자고
데리러 다닐 때는
눈 씻고 찾아보아도 없더니 줄지어 섰다
누가 먼저랄 것 없이
널따란 식판 접시를 손에 들고 옆구리에다 끼고
줄을 먼저 서겠다고 후다닥 뛰어왔다

뽕나무가 쓰러졌다
학교 밖 학교 7

근동에 두두룩이 늘어선 봉분
꽤 많은 걸 보고 짐작 가는 바가
있긴 있었지만
꽤 많은 무덤을 헐었다 했다
학교 터 다질 적에
집 잃고 갈 데 없는, 귀신들이 그득했다 하였다
낡은 관사 기숙하던
밤마다 가위눌려가며 처녀 귀신들과 싸웠다는,
기가 엄청 센
실용수업 담당의 노총각 김선생
서너 날을 시름시름 앓던 관사
뽕나무가 쓰러졌다
큰 비바람 몰아쳐도
쓰러지지 않을 나무에만 골라 깃을 친다는 까치의 방도
해와 달이 다리쉼 하며 놀다 갔던 테죽도
태풍에 허릴 꺾이자
아예 굴착기를 빌려와
상이한 어깻죽지를 찍어내고 밑둥치까지
전기톱으로 토막냈다

다만 나는 첫사랑 앓다가
왕따 당한 기초 과정 여자애의 애로란 애로를 주렁주렁
다 받아 주며
까맣게 애간장 태웠던 뽕나무의 늙은 자태가
잊을 만하면 한 번씩
내 꿈속으로 찾아오는 걸 차마
막아낼 수는 없었다

행정실

학교 밖 학교 8

삼 년 만에 일이었다 애들이 귀가한 뒤의
방을 치운다는 건
낡은 교실 닦다 버려두고 간 걸레면 족했다

하얗게 더께 낀 녹내를 쟁여둔 교장 또는 식당 영양사
새치이거나
깊은 생장통을 앓은 여자애의 구시렁거리는 목청이 배
거나
유기견 소피아 터럭에 뭉친 운동장 흙먼지처럼이나
아니면 먼 유목의 나라
쌍봉낙타 발자국이 묻은 황사 먼지의 얼룩

차마 무릎 꿇거나 엎드리진 못하고 조금의
허리를 굽히던,
굽히며 나의 일상에 밥을 먹이던 자리
나를 들여다보듯 방을 닦는 이제야 장판 마룻바닥이 거
대한 거울 같았다
구부린 눈과 구부린 마음이 비치는
방이 있다는 건

홀연 스치는

외롭고 쓸쓸한 해와 달과 바람이 발자국을 남긴다는 것

장딴지 굵은 남자 선생의

푸른 힘줄이 불끈거리는 복도의 발걸음 소리가 쌓인다
는 것

곰팡이 털어낸 미술실의 유화 몇 점이나 음악 시간 오카
리나 소리를

묻혀온다는 것

생태 논수밭에 그윽한 야생화 향기

또는 별나라에서 왔다는 여선생의 긴 생 머리칼을 부려
놓듯

비로소 행정실 방에 학교가 깃들고 깃들어온다는 것

일기

학교 밖 학교 9

날빛이, 서리 내린 운동장을 가로지른 발자국을 덮히듯 녹였다 열심히 밥 냄새 풍기는 식당 쪽 땅바닥을 제트구름 모양으로 파헤친 두더지 길을 보았고, 괜히 겨울방학의 빈 식당을 생각하며 두더지 끼니 걱정도 하였다 또 고장 난 전기보일러를 늦게 고치러 온 에이에스 담당 기사에게 애들이 덜덜 떨면서 밥을 먹었다고, 짜증도 내고 봉지 커피 한 잔을 타주며 잘 좀 부탁한다고 했다 추녀 끝에 대롱대롱 매달린 생태 수업의 반건조 대붕 감 임자성명들을 일일이 헤아려 보다가 자퇴한 애들이 생각나서 그만두었다 학교 재정공개로 심란한 홈페이지에 접속이 안 된다고 행패 부리 듯 항의하는 학부모와 입씨름도 하고, 생각 같아선 거친 욕이라도 한바탕 퍼질러대고 싶었다 관사 툇마루 밑바닥에 바짝 엎드린 십 년 묵은 암캐의 털갈이처럼 파리하던 하루가 낮에서 저녁으로 바뀌는 나절에는 유리창 너머 학교 근경의 둥근 무덤이나 다복 솔숲이나 벚꽃 괴목을 어슴푸레하게 바라보며 고슬고슬, 누렇게 잘 익은 그러나 식어버린 현미밥을 아욱 청국장에 둘둘 말아먹었다 묵학 명상하듯 그렇게 학교에 있긴 있었으나, 아무래도 중요한 일, 한두 가지쯤 꼭 빼먹은 것 같아서 늘 마음이 바끄러이 켕겼다

학부모

학교 밖 학교 10

한 아이가 만점을 맞고부터였다
입시와 상관없는 문학과 역사와 철학을 교양학습 받고도
떡하니 수학능력시험점수를 다 맞고 나서부터였다

고액의 보증금과
서울사립대학보다 더 많은 수업료와 기숙사 생활비 마
다하지 않고 냈다

국가가 관장한 학교에서 벗어나
자유스럽고 분망하게 애들을 키우고 싶다는 가치관을
강력히 피력했다

들떠서 엄청난 기부금 내밀며 편입도 해왔다

그저 속마음이 들떠서 직속 상사나 된 듯
최저임금도 안 되는 박봉의 선생님들한테도 알게 모르게
다그쳐 요구하는 미인가 사항이 점점 많아졌다

까치

학교 밖 학교 11

애들 곁에 기숙하며 점점 애들을 닮아갔다

운동장 귀퉁이 산벚나무 괴목에서
흰무늬 날개 편 놈들이 하도나 시끌벅적 울어대서
구청에 신청한 사업이라도
선정이 됐나 싶었다

적자 난 학교재정 메워 주겠다는
어느 독지가의
기별이라도 있을 성싶었고, 싶었는데

하 이놈들 봐라
입부리 날카로운 황조롱이를 덤불 속으로 몰아넣고 떼
거리로 공격해댔다

날갯죽지 비틀거리며
발톱 사나운 맹금이 도망치듯 쫓겨났다

먼 타지방 어디에서 왔다는 학생의 담임선생이 또 짐을

빼야겠다고

기숙사 방 열쇠를 가지러 왔다

기숙사
학교 밖 학교 12

잔뜩 핏발이 서렸다
한솥밥 먹으며
한 방 한 이불 덮고 생활하는 지기들끼리
흘깃흘깃 쳐다보며 의심하는 눈치였다
여하튼 당번 사감인 나는
솔직히 제가 훔쳤다고,
귀가할 차비가 없어서
아니면 치킨이나 피자를 몰래 시켜 먹고 싶어 그랬다고
자수라도 해 주었으면 좋겠는데
윽박이나 구슬리는 말로는
훔친 애 찾아내기란 애당초 어림없겠다 싶고
하여 에라, 모르겠다 도벽 일었던 방 벽에다
아주 커다랗게
천수관음의 눈동자를 딱 붙여놓았더니 방마다 도배해
놓았더니
그제야 돈 찾았다고 돈 놓아두었던 데를
잠시 까먹었다고
아무 일 없다는 듯이 찢고까불어쌓다

야외수업

학교 밖 학교 13

애티를 벗지 못한 기초반 여자애와
외등 마을 학림정사쯤 가다가 적송을 휘감은
칡넝쿨 보았다
저를 지지해 주는,
유난히 외피 붉은 소나무의 수액 증발과
땡볕 가림과 거센 바람을 방풍해 주는 칡꽃에 대하여 주절
주절 솔바람처럼 주절거리다가
그만 말문이 딱 막혔다
가만 보고 있잖으니 어떤 넌출은 빌붙기만 하고
빌붙어 조여 대는 넝쿨에
숨통 막혀 숨도 못 쉬는 적송의 고사에 대하여
설명하자니
사람 사는 세상도 별반 다르지 않아서
한동안 말을 잃고 말았다

소피아*
학교 밖 학교 14

학생들이 귀가한 주말 당직은
나와 털복숭이 유기견 소피아와 삭풍이다
얼어붙은 문고리에 손가락 달라붙은 이런 날
벌벌 떨며 본관이나 기숙사 신발장 곁
동그랗게 웅크리고
낯익은 신발짝을 꼬옥 품었다

배롱나무 우거지고 허브향 그득한 식당 장독대 맡
제 밥그릇에 먹이를 채우는
철학 선생의 흔적이 묻었거나,

체면도 아랑곳없이 생선 뼈나 닭 뼈를 얻어다 주는
교장 선생 또는
수돗가 이끌고 가 목욕시키고
예쁘장하게 꽃단장 해 주며 놀아 주던 심화반의 여자애
체취 풍기는 신발이라면 어김없이 품고는 하였는데

느닷없이 소피아가
궁티의 내 신발을 물고는 없어졌다

미안하다라고 밖에 달리 말할 도리가 없는 교직원한테 구조조정의
　통보문서 보내고 정학공고문도 작성해야 하는데 왼쪽 신발은
　본관 옆 방죽가 다옥한 갈대꽃 아래 물어다 놓고
　또 바른쪽은 임대한 농협 창고 뒤뜰 감나무밭에 숨겨 놓았다

　저도 주인한테 버림받아 내동댕이쳐진 적 있다는 듯이
　한 번만 더 곰곰이 생각해 보시라는 듯이
　소피아 터럭이 발자국이 군데군데 널려 있었다

* 소피아는 유기견의 이름이다 개 주인이 몰래 버려 놓고 간 것을 학생들과 선생들이 주워다. 잘 돌봐 주었다. 철학 인문 대안학교답게 이름도 '소피아'라는 이름도 그럴싸하게 지어 주었다.

내등마을 들입의 살구나무 청솔 양옥

학교 밖 학교 15

팔각정이 있는 마당에는
먹기와 지붕을 덮는 살구나무 한 주와 노거의
청솔 한 그루가 서 계셨다

대대로 발동기 방아를 짓찧던 주인 홍여사는
분가한 아들네 따라 서울로 올라가고 가끔 임대한 집세
가 밀리면
전에 없이 다정하게 살구나무 안부를 물어왔다

지금은 퇴계학이나 릴케 데카르트를 전공한 선생 몇몇이
두툼한 인문학 책장에 붉은 밑줄을 그으며 산다

밤도와 그들을 지키며,
버려졌으나 그들에게 밥을 빌어먹는 견공과 앳된 길고
양이가 더불어 살았다

코딱지만 한 미닫이창으로 내다보이는 동천의 달빛이나
북두칠성 같은 별자리들이
살구나무 청솔 우듬지에 걸터앉아 쉬어가고는 하였다

쉬어가는 길에 목젖이나 적시라고
세작의 찻물 끓는 소리가 난다

종종 살 빼려고 줄넘기 뛰던 여학생이 무심코 떨어뜨린
시루핀 녹슬 듯
산들산들 이우는 바늘 이파리와 같이
저만치 떠밀려가서도 학교 밖
학교의 숫총각 선생을 힐끔힐끔 훔쳐보며 살구꽃처럼
붉어지기도 했다

정자 처마 서까래 밑에 침 묻혀 진흙집을 짓던,
멱 붉고 등이 검푸른 새도 자주 깃들여왔으나 그걸 알고
잔뜩 웅크려 매복하던 길냥이
재게 물어드린 것도 여러 번이었다

이런 하룻밤을 잤다

학교 밖 학교 16

저녁이나 같이하자고 전화가 왔다

이장이 처이모라고 부르는 영양사 고 선생을 불러와 된
장 푼 토하장국에다가

죽순 논우렁이 숙회까지 버무려 놓고 기다리고 있었다

걸 드린 반주에 거나해지고

이런저런 마을 대소사며 포클레인 몰고 가 못자리 잡아
주고 가난한 이의 무덤을 써 주던 일이며

뒷집 강아지의 근황이며, 행정실장인 나도 몰랐던 새침
때기 희수의 학력 쟁취사도 끄집어냈다

글그렁글그렁 푸념 늘어놓듯

모처럼 속엣말을 드러낸 이장은 먼 불길에도 금방 불붙
는 휘발유 같았다

학교행정을 관장하는 나는 괜히 겁이 덜컥 났다

학생들이 수확기 다 된 고춧대를 자빠뜨렸거나 멧돼지처
럼 고구마밭을 뒤집었거나 여선생 따라 야외수업 나갔다
가 단감 서리라도 했을까 봐

또, 집성촌 초입의 문중 무덤 잔디밭에 앉아

몰래 시켜 먹은 중화요리의 일회용 그릇들과 찢긴 햄버
거 봉지와 우그러진 콜라 페트병과 입 닦고 버린 종이 냅

킨과 그리고 무수한 음주 행락을

　지저분하게 어질러 놓은 게 걸렸다는 말이 나올까 봐

　아니면 자정 무렵까지 쿵쾅댔던 그룹사운드 연습 소리가

　마을의 초저녁잠을 깨웠다고 트집 잡을까 봐

　바짝 긴장하고 있던 터인데 이런,

　그간에 마을 민원을 애써 뒤치다꺼리해 주는 줄도 모르고 호통만 내질렀다고

　은근슬쩍 고맙다는 말을 꺼냈다 포클레인 삽날처럼 투박한 손에

　연필 같은 내 손가락들을 맡겨 놓은 채 덕담을 갚아 줄 궁리를 하였다

　이장의 포클레인 임대해 운동장의 장마 물매도 다잡아 보고

　과동의 절임 배추나 말린 고추를 양껏 사 주는 것도 좋겠구나 생각해 보았다

　자울자울 졸면서도 배웅하러 나와 골목 끝까지 내가 걸어오는 동안에도

　뒤돌아서지 않고 박혀 있다가 자고 가란 말로

　한 번 더 내 발길을 붙잡는 내동마을 이장의 간곡한 만

류를

여간해서 뿌리칠 여력이 나에겐 생기지가 않았다

너무 많이 기억하는 자

김형중 문학평론가

1. 일대기

조성국의 이번 시집 제목은 『귀 기울여 들어 줘서 고맙다』이다. 이미 시집을 읽은 독자는 알겠지만 저 제목의 문장은 애초에 시인의 것이 아니었다. 「어떤 눈물」에 등장하는 5·18 피해자 치유프로그램의 한 인터뷰이가 한 말을, 시인은 자신의 시집 제목으로 삼았다. 그리고는 시집 초입 '시인의 말'에 이렇게 쓴다. "별빛과도 같은 몇몇이 어눌한 이내 말을 귀 기울여 들어 줘서 고마웠다." 그렇다면 이 시집은 어눌한 언변의 (실제로 조성국 형은 달변이 아니고, 그래서 순하고 착해 뵌다) 조성국이란 시인이 마치 그 5·18 피해 당사자처럼 스스로 막힌 속을 탁 틔어 보고자 작정하고 쓴 작품들의 모음으로 읽는 것이 타당해 보인다.

148

아니나 다를까, 총 5부로 이루어진 시집 『귀 기울여 들어 줘서 고맙다』에는, 공교롭게도 시인 조성국의 인생 전체가 담겨 있다고 해도 과언이 아니다. 이유는 이렇다. 1부, '제 이야길 귀 기울여 들어 줘서 고맙다'에는 5·18에 대한 기억들을 다룬 시편들이 모여 있다. 그의 청소년기다. 2부, '동 사무소 직원이 야물딱지게 박아 놓은 호적초본 속의 염주마을'에 담긴 시편들은 모두 염주마을에 대한 옛 기억들로 이루어져 있다. 염주마을은 그가 유소년기를 보낸 곳이다. 3부, '스멀스멀 뒤밟아오는 낯선 그림자 두엇'과 4부, '머지 않아 우리가 옛이야길 하며 밝게 웃는'에는 암울했던 1980 년대 그의 청년기 기억이 담겨 있다. 그리고 마지막 5부, '내등마을 들입의 살구나무 청솔 양옥'에는 장년이 된 그 가 최근 모 대안학교 행정실장으로 일하던 시절의 기억들 을 소재로 한 시편들을 모았다. 만약 1부와 2부의 순서만 바꿔 읽는다면, 이 시집은 그대로 조성국이라는 한 시인의 삶에 대한 연대기가 되는 셈이다. 나는 이제 그와 같은 순 서대로 그러니까 2부, 1부, 3/4부, 5부 순으로 이 시집을 읽어 볼 참인데, 독자들에게도 그런 독법을 권한다.

2. 많이 기억하는 자

시인의 원체험이라 할 만한 염주마을 시편들을 모아놓

은 2부에서 가장 눈에 띄는 작품은 아무래도 「옛집에 들다」
이다. 일부분을 인용해 본다.

몇 갈래 길이 펼쳐졌다
어른 팔로 서넛 아름이나 되는 팽나무 당산 머리맡의
옛집 가려면
우선 까치고개 아테나산자락 휘감고
삐비꽃 다복한 공동묘지의 덕림재 가로질러 수박등을
숨차 넘었다
양동시장 닭전머리 돌고개 쪽에서 오려면
철조망 울타리 너머
덩치 큰 군견 셰퍼드 왕왕거리는 미국 선교사의 언덕
위 하얀 집을 거쳐,
땡이만화집과 떡방앗간이 소재한 신촌 마을을 지나
종종 하굣길의 책가방 꼬붕을 살았던 월산마을 휘돌았다
정월 대보름 어간쯤 월산마을 아이들과 앙앙불락 돌싸
움을 벌이다,
커브 그리며 날아드는 둥글납작한 짱돌을 미처 피하지
못하고 얻어맞은 이마빡
아까쟁끼 번진 붕대 대신 된장 발라 보자기로 감싸 묶
고
쥐불 깡통 돌리는 쪽돌댁 밭머리를 배시시 지나쳤다

(중략)

가까스로 굽이굽이 누비어 가듯 싸묵싸묵 거슬러 들어도
한 오륙십 년은 족히 걸리는 길이
새삼 정겹고도 서럽고, 서럽고도 정겨운 것은
내 본가의 옛집을 잊어먹을 만큼 하루도 강렬한 생을
살지 않았으면서
이미 한물간 내가 여기에 이르는 까닭이다

— 「옛집에 들다」 부분

인용이 길어진 것은 비단 이 시가 70행에 육박하는 장시여서만은 아니다. 이 시인이 얼마나 '많이 기억하는 자'인지를 확인하고자 하는 의도가 크다. 아마도 저 구절들을 읽다가 콩브레마을에서 한편으로는 스완네 집 쪽으로, 다른 한편으로는 게르망트가 쪽으로 이어지곤 했던 마르셀의 발길(프루스트, 『잃어버린 시간을 찾아서』)을 떠올린 독자도 적지 않을 줄 안다. 발걸음의 경로 때문이 아니라 기억의 그 치밀함 때문에 말이다.

지금은 사라진 옛집 가는 길에 있었던 거의 모든 사물과 풍경들, 사건들을 시인은 다 기억해낸다. 그 기억력은 프루스트의 이른바 '불수의적 기억'의 연쇄에 육박한다. 공동묘지, 수박등, 닭전머리, 선교사 저택, 땡이만화집, 떡방앗간, 월산마을, 돌싸움, 쪽돌댁 밭머리…… 이 기억의 연쇄는 한이 없어서 시인의 말마따나 "가까스로 굽이굽이 누비어 가듯 싸묵싸묵 거슬러 들어도 한 오륙십 년은 족히 걸리는 길"이 펼쳐질 것만 같다.

그러나 물론 시인의 옛집이 속한 염주마을은 프랑스의 부르주아와 옛 귀족들이 서로의 속물됨을 거울상으로 모방하던 분열된 콩브레와는 다르다. 그의 기억에는 의식의 흐름과 달리 서사가 있고, 그래서 마을은 어딘지 유기적이다. 추억과 자연과 가난, 그러나 어떤 전근대적 '공동체'의 기운이 마을 전체를 하나로 묶어 주기 때문이다. 시인이 그 마을에서의 유년기를 저토록 자세히 기억하는 것은 아마도 그 공동체에 대한 향수 때문인 듯한데, 그 공동체의 모습은 이랬다.

> 공회 열던 당산나무 아래서
> 바보 천지 하나 없이 다 영악하면 그 동네 글러버린다고
> 쫄딱 망해버린다고
> 마을 어르신들이 지천 부릴 때에는 멍하던 그의 눈동자
> 에서도
> 그윽한 환희가 어리고는 하였다
>
> ─「칠뜨기」 부분

> 도라무통 여러 개 맞대고 그 위에다
> 가마니 멍석 깔고

차일 천막 다닥다닥 엮어 만든 가설무대에서였다

고고 디스코 보리댓춤 추며

저 푸른 초원 위를 달려 코스모스 피어 있는

정든 고향 역에 귀향한 동백 아가씨들

양은 솥이며 냄비 텔레비전 냉장고 경품을 받으며

남진이나 나훈아처럼 이미자처럼 앵콜 받던

추석 노래자랑 없어졌다

─「콩쿨 대회」 부분

바보나 칠뜨기도 환대받고(근대적 질병분류체계에 의해 정상/비정상의 구분이 도입되지 않고), 가설무대 만들어 고고나 디스코나 보리댓춤 가릴 것 없이 추는 콩쿨대회가 열리던, 밤불 축제도 열리고, "여차하면 똥장군 받쳐 놓고 똥물을/쫙 찌끌어 대던" 아재도 살던 마을 공동체, 거기가 시인의 유년기 염주마을이다. 그러나 누구나 예상하듯 그런 공동체는 사라진다. "추석 노래자랑"은 없어지고, "예 살던 사람들 어디 갔어요?"라고 물으면 돌아오는 답은 "공단 언저리/달동네 이름 두어 곳"(「고샅 끝 집」)뿐이다. 아마도 그 상실감이 이런 아름다운 문장을 낳기도 했으리라.

발목에

안간힘 써 둥그렇게 밑둥치를 들췄더니

실뿌리 우드득

우드득 뜯기면서도

악착같이 버티며 눈시울 붉혔다

이삿짐 칸 얹혀 실려 가는

어매가 그랬다

－「짐봉 터널」부분

제 자리를 뜨지 않으려고 악착같이 버티는 진달래 나무
의 뿌리처럼 살았으나, 결국 식구들은 "이삿짐 칸 얹혀 실
려"갔다. 공동체는 그렇게 와해되었다. 그러나 시인은 여
전히 그 시절을 '너무 많이' 기억하는데, 그 너무 많이 기억
하는 버릇(재주)을 가진 이 소년이 곧이어 만나야 할 사건,
그것은 5·18이다. 그러자 이제 기억은 저주가 된다.

3. 몸에 새겨진 월력

시집 1부에 실린 모든 시들은 시적 화자의 현재 시점에
서 반추된 5·18을 다루고 있다. 반추라고 했거니와 정확히
는 '고통스러운 반복' 곧 '반복 강박'이라고 표현하는 것이
맞을 듯하다. 반추는 자발적이지만 강박은 자동적이기 때
문이다. 시적 화자는 이른바 '목격자 트라우마'를 겪은 후
그날들의 기억에서 벗어나지 못한다. 유년기에 대해서는

'너무 많은' 기억이 축복이었다면, 5·18에 대해 '너무 많은' 기억은 이제 저주가 된다.

시적 화자는 말한다. "나이를 말할 때면 나는/한참이나 젊어진다." 그러나 그것은 늙어감을 감추고 싶어서가 아니다. "지독한 봄날의 어슴새벽/장전된 제 총의 방아쇠를 끝끝내 당기지도 않았던 최후의//일각!//거기에서부터 나는,/나의 생은 다시 시작되었으니까/당연히 대답이 시퍼런 청춘에 가까워진다"(「내 나이를 물으니까」) 말하자면 시인의 나이는 바로 1980년 5월 27일의 도청에서 멈춰버렸다. 유사하게 시인은 유골 냄새가 "내 머릿속과 몸에 숙주와 같이 눌러앉아/사십 수년째 함께 살고 있다"(「내 몸엔 유골 냄새가 난다」)고 말하기도 하고, "애써 월력을 보지 않아도/총과 밥과 피를 생각하는 때임을 저절로 알았다"(「어느 늦은 봄밤의 풍습」)라고 말하기도 한다. 말하자면 트라우마가 된 5·18의 기억은 아예 그의 몸에 장착되어 버린 셈이다.

'1980년대 풍경 연작'과 '수배 일기' 연작으로 이루어진 3부와 4부에서도 사정은 마찬가지다. 발전기를 돌려 천렵을 하다가도 전기 고문을 떠올리고(「천렵」), 죽은 장수하늘소를 보면 박제처럼 늙어가던 장기수들을 떠올린다(「장수하늘소」). 배달 오토바이 핸들에 걸린 헬멧만 봐도 백골단의 '하이바'를 떠올리고(「하이바」), 전등갓 깨진 어두운 밤길에는 이철규 열사의 외마디 비명을 듣는다(「먼 길」).

심지어 잠 속에서마저 "왼팔 뒤로 꺾인 채/또 유치장에 간"(「또, 악몽」)히는 악몽을 꾼다.

물론 그런 기억들을 소환할 때, 조성국의 시가 낯익은 1980년대풍의 관습을 되풀이하고 있다고 말하는 것은 어렵지 않다. 이를테면 그는 『창작과비평』(1990 봄호)에 「수배 일기」 연작 여섯 편을 발표하며 등단하던 그때의 시풍에서 한 치도 벗어나지 못하고 있지 않은가? 그러나 나는 이런 경우, 그러니까 40년이 지나도록 한 치도 변하지 않고 아직도 지난날의 트라우마를 시화하는 이들을 만날 때, 보르헤스의 소설 「피에르 메나르, 돈키호테의 저자」를 떠올리곤 한다.

보르헤스의 소설 속에서 피에르 메나르는 세르반테스의 『돈키호테』와 완전히 동일한 『돈키호테』를 쓴다. 그것도 사력을 다해서 쓴다. 그러나 보르헤스는 단 한 글자도 다르지 않은 두 작품을 같은 작품이라고 말하지 않는다. 메나르의 작품은 20세기에 프랑스에서 고풍스런 스페인어로 현대의 독자들에게 다시 읽히는 『돈키호테』다. 마찬가지로, 조성국의 1980년대 소재 시편들은 이른바 386세대 인사들이 배 나오고 돈 많은 586(곧 686)이 되고, 신자유주의가 극성을 부리고, 박근혜가 사면되고, 전두환이 사과 없이 죽은 2020년대에 다시 읽는 1980년대 풍 시편들이다. 그러니까 지난 시대가 한 시인의 영혼을 어떻게 저토록 고통스럽게 만들 수 있었는지, 그 시대를 다시 소환해

우리 앞에 재전시하는 시, 부끄러움 속에서 그 시절들을 반추하게 하는 시, 그것이 조성국의 시편들이다.

4. 부끄러움 속에서

염주마을에서의 원체험과, 5·18과 1980년대를 겪은 시인이 최근 모 대안학교에서 일했다는 이야기는 나도 전해 들었다. 시집의 5부에 실린 '학교 밖 학교' 연작들은 그 경험을 바탕으로 쓴 시편들이다. 그 작품들을 읽으면서 나는 그가 이제 너무 많이 기억하지 않기를, 그러니까 과거에 사로잡혀 고통스러워하기보다는 현재에 더 골몰하기를 바랐다. 그러니까 대안학교에서의 날들이 그에게 어떤 '대안' 같은 걸 발견하게 해 주었기를. 그래서 이런 시들을 읽을 때 반가웠다.

열심히 황룡강의 탁류를 떠 와
모래 자갈 대이파리 쑥 숯덩이 목화송이로 손수 만든
정수기에
몇 번이고 쏟아붓는 자정의 아이들로부터
내가 저지른 죄과가 여과되는 느낌
대안도 없으면서 대안이 있는 듯이 선생도 아니면서
선생처럼 씻겨 주러 왔다가 내가 씻겨지는 이 느낌

행정실 복도 개수대에

애들이 만든 천연비누가 미끌미끌 포득포득 빛나 보였다

정수한 물을 생태 터앝에 갖다 부어 주며

때 묻은 나의 손도 여러 번 씻어냈다

―「정화 ― 학교 밖 학교 3」 부분

큰 팽나무가 있고(쓰러졌다지만), 자신들이 만든 정수기로 황룡강 탁류를 정화시키는 아이들이 있고, 염주마을에서처럼 텃밭이 있고, 가난하지만 미래에 대한 믿음을 가진 젊은 선생님들이 있는 곳에서 그가 "때 묻은 나의 손도 여러 번 씻어냈다"고 말한다. 그랬으니 반갑고 다행스러웠을 수밖에. 그러나 사실을 말하자면 5부의 시들 곳곳에서 이런 구절들을 발견할 때, 나는 더 반가웠다.

여전히 나는 죄를 짓고 있다는 생각이 불쑥불쑥 들었다

―「정화 ― 학교 밖 학교 3」 부분

묵학 명상하듯 그렇게 학교에 있긴 있었으나, 아무래도 중요한 일, 한두 가지쯤 꼭 빼먹은 것 같아서 늘 마음이 바끄러이 켕겼다

―「일기 ― 학교 밖 학교 9」 부분

나를 들여다보듯 방을 닦는 이제야 장판 마룻바닥이 거

대한 거울 같았다

구부린 눈과 구부린 마음이 비치는

방이 있다는 건

— 「행정실 – 학교 밖 학교 8」 부분

너무 많은 기억으로 고통받는 자에게 치유는 정당하다. 그러나 나는 또한 쉽게 치유를 말하는 자들(특히 시인들)을 그리 믿지 않는 편이다. 자랑스러워하는 자들보다 부끄러워하는 이들을, 맹목적인 이들보다 자꾸 뭔가 캥기는 마음을 품고 사는 이들을 더 믿는다. 그래서 나는 너무 많이 기억하는 자 조성국이 "여전히 죄를 짓고 있다는 생각" 속에서 "아무래도 중요한 일, 한두 가지쯤 꼭 빼먹은 것" 같다는 캥김 속에서, 서서히 치유받기를 바란다.

그래서 막힌 속을 탁 트이게 한다는 '시 쓰기'가 아마도 가장 훌륭한 치유법일 거라는 조언쯤은 형에게 무례가 아닐 줄 안다.

귀 기울여 들어 줘서 고맙다

초판1쇄 찍은 날 | 2021년 12월 27일
초판1쇄 펴낸 날 | 2021년 12월 31일

지은이 | 조성국
펴낸이 | 송광룡
펴낸곳 | 문학들
등록 | 2005년 8월 24일 제2005 1-2호
주소 | 61489 광주광역시 동구 천변우로 487(학동) 2층
전화 | 062-651-6968
팩스 | 062-651-9690
전자우편 | munhakdle@hanmail.net
블로그 | blog.naver.com/munhakdlesimmian

ⓒ 조성국 2021
ISBN 979-11-91277-38-8 03810

• 이 도서는 2020년도 한국문화예술위원회 아르코문학창작기금 지원사업에 선정되어
  발간되었습니다.
• 이 책은 광주광역시 광주문화재단의
  2021년도 지역문화예술육성지원사업으로 지원받아 발간되었습니다.